राग प्रकाश

डॉ. ओम प्रकाश

राग प्रकाश

WKRISHIND PUBLISHERS
wkrishind.in

विषय-सूची

विषय-सूची 5

प्राक्कथन 9

अध्याय-१ 11

हिन्दुस्तानी शास्त्रीय संगीत में रागों का उद्गम व विकास **11**

1.1 संगीत **11**

बुलबुल से संगीत की उत्पत्ति 12

पक्षियों से संगीत की उत्पत्ति 13

जलध्वनि से संगीत की उत्पत्ति 13

मनोवैज्ञानिक दृष्टिकोण 13

'ओउम्' से संगीत की उत्पत्ति 14

संगीत की परिभाषा 14

कल्लिनाथ जी के अनुसार 15

श्री उपेन्द्र जी के अनुसार 15

भातखण्डे जी के अनुसार 16

चिन्तामणी जी के अनुसार 16

1.2 राग का उद्गम एवं विकास **16**

सामवेद में राग का उल्लेख 19

रामायण में राग का उल्लेख 20

1.3 राग के लक्षण **21**

(i) ग्रह 21

(ii) अंश 22

(iii) न्यास 22

(iv) तार 22

(v) मंद्र 22

(vi) अपन्यास 22

(vii) सन्यास 23

(viii) विन्यास 23

(ix) बहुत्व 23

(x) अल्पत्व 23

1.4 राग की जातियां **23**

(i) सम्पूर्ण 24

(ii) षाड़व 24

(iii) औड़व 24

सम्पूर्ण-सम्पूर्ण 25

सम्पूर्ण-षाड़व 25

सम्पूर्ण-औड़व 25
षाड़व-सम्पूर्ण 26
षाड़व-षाड़व 26
षाड़व-औड़व 26
औड़व-सम्पूर्ण 26
औड़व-षाड़व 26
औड़व-औड़व 26

अध्याय २ 29

राग भीमपलासी, धनाश्री व पटदीप का सांगीतिक विवरण 29

राग भीमपलासी 29

2.1 राग भीमपलासी की ऐतिहासिक पृष्ठभूमि व सामान्य परिचय 29

2.2 राग भीमपलासी की स्वर - लिपि 33

2.3 राग धनाश्री की ऐतिहासिक पृष्ठभूमि व सामान्य परिचय 41

राग धनाश्री 41
आसावरी अंग की धनाश्री 43
भैरवी अंग की धनाश्री 43
तीव्र गंधार की धनाश्री 44
काफी अंग की धनाश्री 45

2.4 राग धनाश्री की स्वर-लिपि 46

2.5 पटदीप राग की ऐतिहासिक पृष्ठभूमि व सामान्य परिचय 54

2.6 राग पटदीप की स्वरलिपि 59

अध्याय-३ 68

राग विहाग, मारू विहाग, व हंसकिंकणी का सांगीतिक विवरण 68

3.1 राग विहाग की ऐतिहासिक पृष्ठभूमि व सामान्य परिचय 68

3.2 राग-विहाग की स्वरलिपि 74

3.3 राग मारू विहाग की पृष्ठभूमि व सामान्य परिचय 83

3.4 राग मारू बिहाग की स्वरलिपि 87

3.5 राग हंस किंकणी की पृष्ठभूमि व सामान्य परिचय 95

3.6 राग हंसकिंकणी की स्वरलिपि 99

अध्याय-४ 106

राग मुलतानी, मधुवंती व जैतश्री का सांगीतिक विवरण 106

4.1 राग मुलतानी की ऐतिहासिक पृष्ठभूमि व सामान्य परिचय 106

4.2 राग मुलतानी की स्वरलिपि 110

4.3 राग मधुवन्ती की ऐतिहासिक पृष्ठभूमि व सामान्य परिचय 120
4.4 राग मधुवंती की स्वरलिपि 122
4.5 राग जैतश्री की ऐतिहासिक पृष्ठभूमि व सामान्य परिचय 131
4.6 राग जैतश्री की स्वरलिपि 134

अध्याय-५ 141
राग प्रदीपकी, मलुहाकेदार, देवगंधार व भीम का सांगीतिक विवरण 141
5.1 राग प्रदीपकी की ऐतिहासिक पृष्ठभूमि व सामान्य परिचय 141
5.2 राग प्रदीपकी की स्वरलिपि 145
5.3 राग मलुहा केदार की ऐतिहासिक पृष्ठभूमि व सामान्य परिचय 152
मतभेद 153
5.4 राग मलुहा केदार की स्वरलिपि 155
5.5 राग देवगंधार की ऐतिहासिक पृष्ठभूमि व सामान्य परिचय 160
5.6 राग देवगन्धार की स्वरलिपि 163
5.7 राग भीम की ऐतिहासिक पृष्ठभूमि व सामान्य परिचय 165
5.8 राग भीम की स्वरलिपि 167

अध्याय-६ 171
आरोहात्मक रे, ध वर्जित सभी 13 रागों का तुलनात्मक अध्ययन 171
6.1 राग विहाग व मारू विहाक का तुलनात्मक अध्ययन 171
विहाग व मारू विहाग की समान्ताएं 171
विहाग व मारू विहाग राग की असमान्ताएं 172
6.2 राग मुलतानी व तोडी का तुलनात्मक अध्ययन 172
मुलतानी व तोड़ी राग की सामान्यताएं 172
तोडी व मुलतानी राग की असमान्ताएं 173
6.3 राग भीमपलासी व वागेश्री राग का तुलनात्मक अध्ययन 174
भीमपलासी और वागेश्री राग की समान्ताएं 174
वागेश्री व भीमपलासी राग की असमानताएं 174
6.4 राग पटदीप व भीमपलासी का तुलनात्मक अध्ययन 175
दोनों रागों की समान्ताए (पटदीप व भीमपलासी की समानताएँ) 175
दोनों रागों की असमान्ताएं (पटदीप व भीमपलासी की असमानताएं) 176
6.5 राग मधुवन्ती व मुलतानी का तुलनात्मक अध्ययन 176
दोनों रागों की समान्ताएं (मधुवन्ती व मुलतानी की समानताएं) 177
दोनों रागों की असमान्ताएं (मधुवंती व मुलतानी राग की असमानताएं) 177
6.6 राग मारू विहाग व कल्याण का तुलनात्मक अध्ययन 178

दोनों रागों की समानताएं (मारू विहाग व कल्याण की समानताएं) 178
दोनों रागों में असमानताएं (मारू बिहाग व कल्याण की असमानताएं) 178
6.7 राग धनाश्री व भीमपलासी का तुलनात्मक अध्ययन 179
धनाश्री व भीमपलासी राग की समान्ताएं 179
धनाश्री व भीमपलासी राग की असमान्ताएं 180
6.8 राग मलुहा केदार व जलधर केदार का तुलनात्मक अध्ययन 180
दोनों रागों की समान्ताए (मलुहा व जलधर केदार की समान्ताए) 181
दोनों रागों में असमान्ताएं (मलुहा व जलधर केदार की असमानताएं) 181
6.9 राग देवगंधार व जोनपुरी का तुलनात्मक अध्ययन 182
देवगंधार राग व जौनपुरी राग की समान्ताएं 182
देवगंधार राग व जौनपुरी राग की असमान्ताएं 183
6.10 राग हंसकिंकणी व प्रदीपकी का तुलनात्मक अध्ययन 183
हंसकिंकणी राग व प्रदीपकी राग की समान्ताएं 183
हंसकिंकणी राग व प्रदीपकी राग में असमान्ताएं 184
6.11 राग जैतश्री व श्री का तुलनात्मक अध्ययन 185
राग 'श्री' तथा 'जैतश्री" में समान्ताएं 185
राग 'श्री' व 'जैतश्री' राग में असमानताएं 185
6.12 राग भीम व भीमपलासी का तुलनात्मक अध्ययन 186
राग भीम व भीमपलासी 186
राग भीम व भीमपलासी राग की असमानताएं 187
उपसंहार 189
संदर्भ ग्रंथ-सूची 192
Connect with Author 195
Connect with Publisher 196

प्राक्कथन

गायन वादन एवं नृत्य इन तीनों कलाओं के समावेश को संगीतज्ञों ने संगीत कहा है। संगीत एक ललित कला है। जिसे अन्य ललित कलाओं में सर्वश्रेष्ठ स्थान प्राप्त है। संगीत मन के भावों को प्रकट करने का सबसे अच्छा साधन माना जाता है। संगीत कला मुख्य रूप से प्रयोगात्मक कला है। जिसका उद्देश्य मन के भावों को बड़ी सहजता और मधुर ढंग से परिमार्जित कर उसका उसकी अन्तरात्मा से साक्षात्कार कराना है।

आदिकाल से ही संगीत मनुष्य से जुड़ा रहा है। वैदिक काल तक आते-आते यह मानव जीवन को ईश्वर से मिलाने का सशक्त माध्यम बना, सारे वैदिक मन्त्र और ऋचाएं सस्वर उच्चारित होती थी इसका प्रमाण हमारे चारों वेदों में से एक वेद सामवेद से प्राप्त होता है जिसकी प्रत्येक ऋचा और मन्त्र गेय है। धीरे-धीरे समय के परिवर्तन के साथ संगीत में भी परिवर्तन होता गया। मार्गी और देसी संगीत के अन्तर्गत गायन होने लगा, मार्गी संगीत वह संगीत था जिसका सम्बन्ध मोक्ष प्राप्ति से था तथा जो मुख्यतः भक्ति प्रधान होता था, देसी संगीत वह संगीत था जो जन रुचि के अनुकूल गाया जाता था। इसके बाद सामगान प्रचलन में आया तथा सामगान से जातिगान की उत्पत्ति हुई, जाती गान के दस लक्षण कहे गये है। इसके पश्चात जातिगान से राग की उत्पत्ति हुई, राग के भी दस लक्षण माने गए है और नो विभिन्न जातियां मानी गई है।

हिन्दुस्तानी शास्त्रीय संगीत में राग का महत्वपूर्ण स्थान है। सम्पूर्ण शास्त्रीय संगीत की इमारत इसी राग रूपी नींव पर खड़ी है। प्रायः कई रागों में कुछ स्वर कम प्रयोग होते है तथा कुछ अधिक प्रयोग किये जाते है। किन्तु

कुछ स्वर ऐसे भी होते है जो राग में पूर्ण रूप से वर्जित होते है। यह वर्जित स्वर आरोह तथा अवरोह दोनों में हो सकते है। षडज को छोड़कर राग में सभी स्वर वर्जित हो सकते है।

इसी प्रकार वर्जित स्वरों वाले कई राग है जिनके आरोह में रिषभ तथा धैवत स्वर वर्जित होते हैं तथा अवरोह सम्पूर्ण होता है। इन सभी रागों के बारे में सम्पूर्ण जानकारी एकत्रित करने का प्रयास प्रस्तुत सांगीतिक संरचना में किया गया है। प्रस्तुत सांगीतिक संरचना "राग प्रकाश" को छः अध्यायों में बांटा गया है।

प्रथम अध्याय में विभिन्न संगीत विद्वानों द्वारा संगीत की उत्पति व संगीत की परिभाषा तथा राग की उत्पति, जातियों एवं लक्षणों पर प्रकाश डालने का प्रयास किया गया है।

द्वितीय अध्याय में राग भीमपलासी, धनाश्री व पटदीप इन सभी रागों की ऐतिहासिक पृष्ठभूमि व सांगीतिक परिचय स्वर लिपियों सहित दिया गया है।

तृतीय अध्याय में राग बिहाग, मारूविहाग व हंसकंकणी, इन सभी रागो की ऐतिहासिक पृष्ठभूमि व सांगीतिक परिचय स्वर लिपियों सहित दिया गया है।

चतुर्थ अध्याय में राग मुलतानी, मधुवन्ती व जैतश्री इन सभी रागों की ऐतिहासिक पृष्ठभूमि व सांगीतिक परिचय स्वर लिपियों सहित दिया गया है।

पंचम अध्याय में राग प्रदीपकी, मलुहाकेदार, देवगन्धार व भीम इन सभी रागों की ऐतिहासिक पृष्भूमि व सांगीतिक परिचय स्वर लिपियों सहित दिया गया है।

षष्ठम अध्याय में आरोहात्मक रे, ध स्वर वर्जित सभी 13 रागों का तुलनात्मक अध्ययन किया गया है।

अन्त में उपसंहार व सन्दर्भ ग्रंथ सूची दी गई है।

अध्याय-१

हिन्दुस्तानी शास्त्रीय संगीत में रागों का उद्भम व विकास

1.1 संगीत

संगीत कब उत्पन्न हुआ, कैसे उत्पन्न हुआ इस का सही प्रमाण मिलना उतना ही कठिन व मुश्किल है जैसा यह पता लगाना मुश्किल है कि जीवन-मृत्यु चक्र कब शुरु हुआ तथा कब तक चलेगा। संगीत का जन्म कैसे हुआ, इस सम्बन्ध में सभी विद्धानों के विभिन्न मत है। कहा जाता है कि संगीत की उत्पत्ति ब्रह्मा जी द्धारा हुई। ब्रह्मा जी ने यह कला शिवजी को दी और शिव के द्धारा देवी सरस्वती को प्राप्त हुई। देवी सरस्वती को इसलिए "वीणा पुस्तक धारणी" कह कर संगीत और साहित्य की अधिष्ठात्री माना है। देवी सरस्वती से संगीत कला का ज्ञान नारद जी को प्राप्त हुआ, नारद जी ने स्वर्ग के गन्धर्व, किन्नर एवं अप्सराओं को संगीत की शिक्षा दी। वहां से ही भरत नारद और हनुमान प्रभृति संगीत कला में पारंगत होकर भू-लोक पर संगीत कला के प्रचारार्थ अवतीर्ण हुए।

"एक ग्रन्थकार के मतानुसार, नारद जी ने अनेक वर्षों तक योग साधना की तब भगवान शंकर जी ने उन पर प्रसन्न होकर संगीत कला प्रदान की। माता पार्वती जी की शयन मुद्रा को देखकर भगवान शिव ने अनेक अंग-प्रत्यंगों के आधार पर रुद्र थीणा बनाई और अपने मुख से पांच रागों कि उत्पत्ति की । तत्पश्चात छठा राग पार्वती जी के श्रीमुख से उत्पन्न हुआ। भगवान शंकर जी के पूर्व, पश्चिम, उत्तर, दक्षिण तथा आकाशीन्मुख से क्रमशः भैरव, हिडोल,

मेघ, दीपक, और श्री राग प्रगट हुए एवं पार्वती जी द्वारा कोशिक राग की उत्पत्ति हुई।"[1]

"शिव प्रदोष" स्त्रोत में लिखा है कि तीन जगत् कि जननी माता गौरी को स्वर्ण सिंहासन पर उपनीत कराकर प्रदोष के समय शूलपाणी शिव ने नृत्य करने कि इच्छा प्रकट की। इस अवसर पर सब देवता उन्हें घेर कर खड़े हो गए और उनका स्तुतिगान करने लगे। माता सरस्वती ने बीणा, इन्द्र देवता ने वेणु एवं ब्रह्मा जीने करताल बजाना आरम्भ किया, लक्ष्मी जी ने गाना गाया तथा भगवान विष्णु मृदंग बजाने लगे। इस नृत्यमय संगीत उत्सव को देखने के लिए गन्धर्व, मतंग, डरग, सिद्ध, साध्य, विद्याधर, देवता, अप्सरायें आदि सभी उपस्थित थे। 'संगीत की उत्पत्ति के बारे में विभिन्न विद्वानों के भिन्न-भिन्न मत हैं जो निम्नलिखित है।'[2]

बुलबुल से संगीत की उत्पत्ति

"अरब के सुप्रसिद्ध इतिहासकार ओला सीनिज्म ने अपनी पुस्तक "विश्व का संगीत" में लिखा है कि मानव ने संगीत को सर्वप्रथम बुलबुल से पाया। जब वह प्रथम सृष्टि में आया तो यह एक पेड़ पर आराम कर रहा था। तभी उसने एक चिड़िया से कुछ मीठे स्वर सुने, वे स्वर उसको बहुत प्रिय लगे। फिर वह रोज चिड़िया से उन स्वरों को सुनने लगा। इससे उसको अपने भीतर ऐसे आनन्द का आभास होता कि वह कुछ क्षणों के लिए आत्मविभोरित हो जाता चिड़िया भी रोज़ाना उसी वृक्ष पर आती थी क्योंकि उसका वहीं पर बसेरा था। उस मीठे स्वर बोलने वाली वेडीयां को मानव ने प्यार की दृष्टि से देखा । धीरे-धीरे मानव ने भी उस वेडीयां के मधुर स्वरों की नकल कर ली। इस प्रकार संगीत की उत्पत्ति हुई।

1 उमेश जोशी कृत भारतीय संगीत का इतिहास, पृ० 1

2 उमेश जोशी कृत भारतीय संगीत का इतिहास पृ० 1, 2

पक्षियों से संगीत की उत्पत्ति

सुप्रसिद्ध विद्वान श्री दामोदर पण्डित ने यह स्वीकार किया है कि संगीत की उत्पत्ति पक्षियों के विभिन्न स्वरों द्वारा हुई है। उन्होंने सात स्वरों की अभिर्व इस प्रकार बताया है मोर से षड़ज, चातक से रिषभ बकरे के गन्धार, कौआ से मध्यम, कोयत से पंचम, मेंढक से धैवत और हाथी से निषाद स्वर की उत्पत्ति हुई।

जलध्वनि से संगीत की उत्पत्ति

विश्व विख्यात रेनीला ने अपने 'संगीत के रेखा चित्रों में लिखा है कि जब सृष्टि का निर्माण हुआ, तब प्रथम जब मानव को प्यास लगी तो वह अपनी प्यास बुझाने के लिए एक नदी के किनारे गया। उसने देखा कि एक चट्टान से जल की धारायें नीचे गिर रही है, उस रमणीय दृष्य को देख कर वह अपनी प्यास कुछ क्षणों के लिए भूल गया। उसने जल के गिरने से एक मिठी ध्वनि सुनी वह मिठी ध्वनि उसको इतनी प्रिय लगी कि वह रोजाना आने लगा और उस ध्वनि का अनुकरण भी करने लगा। धीरे-धीरे उसने जल ध्वनि को पूर्ण रूप से अपना लिया और यही जल ध्वनि आगे चल कर विकसित संगीत में पर्णित हो गई।

मनोवैज्ञानिक दृष्टिकोण

सुप्रसिद्ध विद्वान हलटोरिस आईयो ने अपनी पुस्तक 'द हिस्ट्री ऑफ म्यूजिक' में लिखा है। सृष्टि का जब सृजन हुआ तब पुरुष और नारी के प्रथम मिलन अभिसार पर जो स्वर मुखरित हुए वहीं संगीत बन गया। ये स्वर इतने मधुर व आकर्षण पूर्ण थे कि जिसको सुन कर कोई भी प्राणी आत्मविभोरित हो सकता था क्योंकि वह स्वर मधुर एवं सुरीले थे। इन्हीं स्वरों का आगे चलकर विकास हुआ।

पाश्चात्य विद्वान फ्रारेड के अनुसार संगीत का जन्म एक शिशु के समान मनोविज्ञान के आधार पर हुआ, जिस प्रकार एक बालक स्वयं रोना चिल्लाना, हंसना आदि क्रियाऐं मनोविज्ञान की आवश्यकतानुसार स्वयं सीख जाता है उसी प्रकार संगीत का प्रादुर्भाव मानव में मनोविज्ञान के आधार पर स्वयं हुआ है।

'ओउम्' से संगीत की उत्पत्ति

कुछ विद्वानों का मत है कि संगीत का जन्म ओउम शब्द के गर्भ से हुआ है। ये एकाक्षर इस अर्थ में कहा जाता है कि तीनों अक्षरों के संयोग से इसकी ध्वनि एक ही अक्षर के समान होती है। ओउम के तीनों अक्षर अ, उ और म तीन शक्तियों के द्योतक है अ उत्पत्ति शक्ति द्योतक सृष्टिकर्ता ब्रह्मा उ धारक, पालन रक्षण अर्थात स्थिति शक्ति का प्रतीक विष्णु, म महेश शक्ति का द्योतक है तीनों शक्तियों का पुरा ही 'त्रिमूर्ति' परमेश्वर है। ओउम् वेद का बीज मन्त्र है। इसके विषय में मनु कहते हैं कि ऋग्वेद, सामवेद और यजुर्वेद से अ, उ, म ये तीन अक्षर लेकर प्रणव 'ओउम' बना है 'ओउ' शब्द से ही संगीत की उत्पत्ति हुई है।

इसी प्रकार कुछ विद्वानों ने वेदों से संगीत की उत्पत्ति मानी है। विभिन्न संगीत विद्वानों ने संगीत की उत्पत्ति विभिन्न विभिन्न तरह से मानी है। सभी विद्वानों के अपने-अपने मत है कि संगीत की उत्पत्ति किस प्रकार हुई है।

संगीत की परिभाषा

संगीत शब्द 'गीत' में 'सम' उपसर्ग लगाकर बना है अर्थात सम+गीत+क्त 'संगीत'। सम का अर्थ है अच्छा तथा गीत से तात्पर्य है गायन, वादन एवं नृत्य से संगीत में तीनों कलाओं का समावेश है, गायन, वादन एवं नृत्य संगीत की परिभाषा करते हुए संगीतज्ञों ने गायन, वादन एवं नृत्य इन तीनों कलाओं के

समावेश को संगीत कहा है। संगीत के महान विद्धान शरंगदेव जी ने अपने ग्रंथ 'संगीत रत्नाकर' में संगीत की परिभाषा इस तरह की है-

"गीतम वाद्ययं च नृत्यम त्रय संगीत मुच्चते"[1]

अर्थात- गायन, वादन एवं नृत्य इन तीनों के समावेश को संगीत कहते हैं। "इसी प्रकार अन्य संगीत विद्धानों ने संगीत की परिभाषा इस प्रकार की है।[2]

कल्लिनाथ जी के अनुसार

संगीत को परिभाषित करते हुए कल्लिनाथ जी ने 'संगीत' शब्द में गायन, वादन एवं नृत्य का समावेश गृहीत किया है अथवा माना है। उनके मतानुसार यदि संगीत का अर्थ केवल गायन ही होता तो उसे संगीत न कह कर केवल गीत ही कहते। गीत की परिभाषा इस प्रकार है- 'गीयते इति गीतम' अर्थात जो गाया जा सके उसे गीत कहते हैं। अतः गायन, वादन एवं नृत्य इन तीनों कलाओं के मिश्रण को ही संगीत कहा गया है।

श्री उपेन्द्र जी के अनुसार

"To Summarise what is music, one can safely that it is a kind of Yoga system through the medium of Sanaraus sound which acts upon the human organism and awakens and develop their proper function of the extent of self-realization. The ultimate goal of Hindu Philosophy or religion."

---

1 शारंग देव कृत, 'संगीत रत्नाकर', पृ० 7

2 शोध प्रबन्ध 'भक्ति संगीत और गेय पदों का अन्तर्सम्बंध' से प्राप्त जानकारी

अर्थात- संगीत एक योग विद्या है जिसकी तीव्रतर ध्वनियां मनुष्य के सुक्ष्म सनायुओं को झंकृत कर सुषुप्त कुण्डलिनि को जागृत कर देती है तथा मानवता को आत्मनति की चरम सीमा अर्थात मोक्ष के द्वार तक पहुंचा देती है जो की भारतीय जीवन दर्शन का अन्तिम लक्ष्य है।

भातखण्डे जी के अनुसार

गायन, वादन तथा नृत्य इन तीनों कलाओं का समावेश संगीत में होता है। वस्तुतः ये तीनों कलाएँ स्वतन्त्र है किन्तु गायन प्रधान होने के कारण तीनों का समावेश संगीत में किया जाता है।

चिन्तामणी जी के अनुसार

गायन वादन एवं नृत्य इन तीनों के समावेश को ही उन्होंने संगीत कहा है जिसमें की गायन प्रधान हे वाद्य उसका अनुकरण है और नृत्य उप रंजक है। अर्थात वाद्य गीत का अनुकरण करता है और नृत्य वाद्य का अनुकरण करता है।

इस प्रकार सभी संगीत विद्धानों ने संगीत की परिभाषा अपने-अपने अनुसार कि है अर्थात सभी विद्धानों ने अपने-अपने शब्दों में की है। इन सभी विद्धानों द्वारा लिखी गई संगीत की परिभाषा पर द्रष्टि डालें तो पाते हैं कि सभी विद्धानों ने संगीत की परिभाषा अपने-अपने शब्दों में की है परन्तु भाव अर्थात मतलब सब का एक ही है। सभी विद्धानों ने संगीत में गायन, वादन एवं नृत्य इन तीनों का समावेश स्वीकार किया है। अर्थात गायन, वादन एवं नृत्य इन तीनों के समावेश को ही संगीत कहते हैं।

1.2 राग का उद्गम एवं विकास

राग भारतीय संगीत की आत्मा है। आज शास्त्रीय संगीत में जो कुछ भी गाया बजाया जाता है वह सब राग के ही अनतर्गत आता है। गायन वादन की

कोई भी विद्या हो जैसे ध्रुपद हो, धमार हो, टप्पा हो, ठुमरी हो, गज़ल हो या फिर कोई गीत हो सब में राग विद्यमान है अर्थात प्रत्येक रचना किसी न किसी राग पर आधारित होती है। इसीलिए राग को भारतीय शास्त्रीय संगीत की आधारशीला कहा जाता है क्योंकि समस्त शास्त्रीय संगीत इसी राग रूपी नींव पर खड़ा है। भारतीय संगीत में 'राग' को एक विशिष्ट स्थान हासिल है।

'राग' शब्द की परिभाषिक रूप में सर्वप्रथम मतंग मुनि ने अपने ग्रंथ 'वृहदेशी' में परिभाषित किया है। श्री मतंग मुनि जी के अनुसार राग की परिभाषा इस प्रकार की गई है-

योऽयं ध्वनिविशोस्तु स्वर वर्ण विभूषितः।

रजको जनचित्तानां स रागः कथिती वुधेः।[1]

अर्थात- ध्वनि की वह विशेष रचना जिसको स्वरों तथा वर्णों द्वारा विभूषित किया गया हो और जो सुनने वालों के चित्त का रंजन करे वह रचना राग कहलाती है।

'जन-चित रंजक ध्वनि विशेष' कह कर राग को प्रतिष्ठित किया गया है। राग शब्द का उदगम 'रंज' धातु से है। 'रंज' धातु में 'धन' प्रत्यय जोड़ने से राग संज्ञा-शब्द निर्मित होता है, जिसका अर्थ है रंग संगीत में राग हमें अपने ही रंग में रंग लेता है और यही अलौकिक आनन्द की स्थिति है।

रज+भावे करणे व ध अ रंजन मिति,

राज्य तेऽनेनेति वा।[2]

अर्थात- रंज धातु में भाव वाचक संज्ञा तथा क्रिया के अर्थ में राग शब्द की उत्पत्ति होती है। जिससे सुख तथा आनंद की अनुभूति हो उसे ही संगीत

---

1 श्री मतंग मुनि कृत 'बृहदेशी', पृ० 144 (शोध प्रबन्ध से प्राप्त जानकारी भारतीय संगीत में वादी-संवादी स्वरों का महत्व)

2 संस्कृत शब्द कोश हलायु धकोश, पृ० 562 (शोध प्रबन्ध से प्राप्त जानकारी भारतीय संगीत में वादी-संवादी स्वरों का महत्व

में रंजक कहते है। मतंग मुनि के अनुसार रंजन के कारण ही राग की संज्ञा "राग" है और यही राग की व्यूत्पत्ति है। श्री पार्श्वदेव जी ने 'संगीत समयसार में राग की परिभाषा इस प्रकार की है-

स्वरर्ण विशिष्टिन ध्वनिभेदेन वा पुनः।

रज्यते येन सच्चित स रागः सम्मतः सताम।।[1]

अर्थात- ऐसी विशिष्ट स्वर तथा वर्ण अथवा ध्वनि भेद जो सज्जनों के चित्त का रंजन करने में सक्षम हो, वही राग है।

पं० अहोवल ने राग के बारे में इस प्रकार कहा है-

रंजकः स्वर सन्दर्भों राग इत्यभिधीयते।[2]

अर्थात- स्वरों का वह विशेष समुह जो रंजन कहे अर्थात् स्वरों का रंजक सन्दर्भ राग कहलाता है। महाराणा कुंभा ने अनुसार राग की परिभाषा इस प्रकार है-

विचित्र वर्णलकारों विशेष यों ध्वनिरिह

ग्रहादि स्वर संदर्भों रंजको राग उच्यते।[3]

अर्थात्- जिस ध्वनि की रचना में विचित्र अर्थात विभिन्न वर्ग तथा अंलकार हो तथा जिसमें ग्रह आदि स्वरों का सन्दर्भ हो और रंजक हो वह 'राग' है।

आधुनिक ग्रंथकारों में श्री पोपले के अनुसार राग की परिभाषा इस प्रकार दी गई है-

---

1 संस्कृत शब्द कोश हलायु धकोश, पृ० 28

2 संगीत परिजात, पृ० 97

3 संगीत राज पाठ्य रत्न कोष साज्ञानाम तृत्य परिक्षम, पृ० 24

"Rages are different Series of rates within the octave, which form the basis of all Indian melodies and differentiated from each other by the prominence of certain fired rates and by the sequence of particular rats."[1]

वैदिक युग भारतीय वाङ्मय में प्राचीनतम युग रहा है। वैदिक काल में राग परम्परा का प्रचलन शून्य मात्र था, राग में लगने वाले संगीत के तत्त्व उस समय के गान में विद्यमान थे सामवेद में स्पष्ट रूप से विद्धित है कि वैदिक युग में संगीत का प्रचार प्रचलित था।

सामवेद में राग का उल्लेख

साम का अर्थ वह गान किया है जो अभ्यन्तर प्रयत्न से उदभूत स्वरों की अभिव्यजक है। साम शब्द की अभिव्यक्ति ऋचाओं के आधार से गाई जाने पर साम कहलाती है। सामवेद दो प्रधान भाग आर्थिक तथा गान है। सामगान में सप्त स्वरों का विकास हो चुका था माण्डुकी शिक्षा के अनुसार सामगान में सप्त स्वरो का प्रयोग प्राप्त होता है।

सप्त स्वरास्तु गीयन्ते सामभि साम ग़ैर्वुधे।।[2]

इस प्रकार साम गान में प्रयुक्त सात स्वरों, साम गान की विधि को देखते हुए कहा जा सकता है कि "राग" में प्रयोग होने वाले तत्त्वों का विकास तो वैदिक युग में था, राग की आरम्भिक सीढ़ी का दिग्दर्शन तो वैदिक युग में ही हो जाता है।

---

1 HN Pople, The Music of India

2 सुनंदा पाठक, हिन्दोस्तानी संगीत में रागों की उत्पत्ति एवं विकास, पृ० 10

रामायण में राग का उल्लेख

सामवेद के बाद राग का उल्लेख रामायण में मिलता है। रामायण भारतीय संस्कृति परम्परा के परिज्ञान का महत्वपूर्ण ग्रंथ है। रामायण काल में संगीत उन्नत अवस्था में था जातियों के अतिरिक्त राग प्रणाली के अस्तित्व के सम्बन्ध में संकेत रामायण में प्राप्त होता है इस सम्बन्ध में सुन्दर काण्ड में निम्न पंक्ति उपलब्ध है।

"चरिते कौशिकाचायेरिरावत निषेवति।"[1]

"कोशिकार्यै" शब्द की व्याख्या में टीकाकार गोविन्द राज का कथन है-

"कोशिके राग विशेष आचार्यैः विद्याधर
विशेषेरिव्यर्थ।"[2]

अर्थात्- यह टीकाकार ने कोशिका को राग विशेष कहा है और इससे स्पष्ट होता है कि रामायणकालीन संगीत में कोशिका राग का प्रचार था। इस प्रकार प्राचीन काल के ऐतिहासिक ग्रंथों में भी राग उल्लेख पाया गया है।

भारतीय दर्शन, साहित्य और संगीत में "राग" का एक विशेष स्थान है। इस प्रकार सभी प्राचीन एवं आधुनिक ग्रंथकारों ने राग की परिभाषा अपने-अपने ढंग से की है। इन ग्रन्थकारों के विचारों को दृष्टिगत करते हुए यह निष्कर्ष निकलता है कि सभी ग्रंथकारों ने "राग" की परिभाषा को लगभग समान रूप से स्वीकार किया है। उनके अनुसार ध्वनि की वह रचना जो स्वरों तथा वर्णों द्वारा अलंकृत हो तथा जो लोगों के चित्त का रंजन करे वह राग कहलाता है।

आजकल जो भी शास्त्रीय संगीत के नाम से गाया बजाया जाता है, वह सब राग गायन-वादन ही है। किन्तु यह राग गायन-वादन हमेशा से नहीं रहा है। इसका क्रमिक विकास हुआ है। राग के अविभार्व के पूर्व जातियों का

---

1 रामायण, सुन्दर काण्ड श्लोक, 165 पृ० 853 संदर्भ हिन्दोस्तानी संगीत में राग की उत्पत्ति एवं विकास, पृ० 11

2 सुनंदा पाठक, हिन्दोस्तानी संगीत में राम उत्पत्ति एवं विकास, पृ० 11

गायन-वादन होता रहा है। संगीत में रजकता के लिए ही राग संगीत का अविष्कार हुआ है। मानव जीवन नव रसों से अविष्ठित है और उन्हीं रसों को मुर्त करने के लिए रागों का जन्म हुआ है। सप्त स्वरों में स्वयं वह गुण है कि वे अलग-अलग रसों को उदघाटन करते है और इन्हीं स्वरों का सन्निवेश राग कहलाता है। गीत से मिलकर 'राग' रस को मूर्त रूप दे देता है। राग में रंजकता तब आती है जबकि मधुर स्वरों में उसके अनुरूप गीत गाया जाता है। हिन्दुस्तानी शास्त्रीय संगीत में राग को एक विशेष स्थान हासिल है जो किसी अन्य देशों के संगीत में नहीं दृष्टिगत होती है। राग भारतीय संगतीत की प्रमुख वस्तु है। इसी को "भेलोडी" कहते हैं।

1.3 राग के लक्षण

राग शब्द 'रंज्ज्' धातु से बना है जिसका अर्थ है, रंगना या रंजकता। रंजकता से तात्पर्य है, जिससे आनन्द की प्राप्ति हो अतः संगीत में उसी स्वर समूह को राग कह सकते है, जिसका लक्षण रंजकता हो इस रंजकता के कारण भारतीय संगीत का राग जगत् भर के संगीत में अद्धितीय और अनुपम है। "राग" जाति का ही विकसित रूप है। जिस प्रकार जातियों के दस लक्षण थे उसी प्रकार रागों के भी मुख्यता दस लक्षण है जो इस प्रकार है।

(i) ग्रह

जिस स्वर से राग का गाना बजाना आरम्भ हो, वह स्वरग्रह कहलाता है। गायन या वादन आरम्भ करते समय षड़ज को ही ग्रहण किया जाता है इस दृष्टि से षड़ज ही सभी रागों का ग्रह स्वर होना चाहिए किन्तु षड़ज के अलावा भी राग का 'ग्रह' स्वर हो सकता है। उदाहरणतः कल्याण राग का आलाप व तान नि रे ग से प्रारम्भ होगी, अतः यहां षड़ज के स्थान पर निषाद को राग का ग्रह स्वर कहना उचित होगा।

(ii) अंश

जो स्वर अन्य स्वरों की अपेक्षा कृत किसी राग में अधिक लगता हो उसे अंश या वादी स्वर कहते है। अंश को राग का प्राण स्वर या जीव स्वर भी कहते है।

(iii) न्यास

ये संगीत में विराम चिन्ह का द्योतक है, संगीत में स्वरों पर ठहराव का बहुत महत्वपूर्ण स्थान है। अतः न्यास का अर्थ है जिस स्वर पर गायन वादन समाप्त हो, उस स्वर न्यास का स्वर कहते है जैसे देशकार में पंचम आदि।

(iv) तार

तार सप्तक में गाते बजाते समय जिस स्वर तक राग का गाना-बजाना पहुँच सकता है उसे तार स्वर कहते है।

(v) मंद्र

मन्द्र सप्तक में गाते बजाते समय जिस स्वर तक गायन वादन पहुँच सके। उसे मंद्र स्वर कहते है।

(vi) अपन्यास

राग के किसी भाग के मध्य का अन्त जिस स्वर पर होता है उसे अपन्यास स्वर कहते है।

(vii) सन्यास

जिस स्वर पर राग के प्रथम भाग का अन्त जिस स्वर पर होता है उसे सन्यास स्वर कहते है।

(viii) विन्यास

जिस स्वर पर राग के प्रथम भाग का अंश समाप्त हो उसे विन्यास स्वर कहते है।

(ix) बहुत्व

किसी स्वर का राग में कितना यानी किस मात्रा में प्रयोग होता है, यह दिखाने के दो उपाय है, बहुत्व तथा अल्पत्य बहुत्व का तात्पर्य है कि किसी राग में जब किसी स्वर को बहुलता से प्रयोग किया जाये, ये अलंघन और अभ्यास द्वारा दो प्रकार से दिखाया जाता है। अलंघन उसे कहते है, जब किसी स्वर को थोड़ा स्पर्श करके छोड़ दिया जाता है। अभ्यास उसे कहते है, जिस स्वर अन्य स्वरों के बीच में बार-बार प्रयोग हो अथवा उसका एक ही स्थान पर पुनः उच्चारण किया जाए।

(x) अल्पत्व

इसके भी दो भेद है (एक) लघन (दो) अनभ्यास। लंघन वह स्वर होता है, जिसे कि राग के आरोह-अवरोह में छोड़ दिया जाता है। अनभ्यास उसे कहते है, जिस स्वर का प्रयोग राग में बहुत कम होता है।

1.4 राग की जातियां

जिस प्रकार राग के दस लक्षण माने गये है उसी प्रकार राग की कुछ जातियाँ भी होती है। राग के नियमों एवं लक्षणों के अनुसार राग ने कम से

कम पाँच स्वर हो सकते है। रागों में लगने वाले स्वरों की भिन्न-भिन्न संख्या के कारण रागों को अलग-अलग तीन वर्गों में बांट दिया गया है। इन्हीं वर्गों को राग की जातियां कहा गया है। राग की तीन मुख्य जातियां इस प्रकार है।

(i) सम्पूर्ण
(ii) षाड़व
(iii) औड़व

(i) सम्पूर्ण

जिस राग में सातों स्वर लगे उसे सम्पूर्ण जाति का राग कहते है। जैसे राग बिलावल ।

(ii) षाड़व

जिस राग में केवल छः स्वर प्रयोग हो अर्थात् जिस राग में छः ही स्वर लगे उसे षाड़व जाति का राग कहते है। जैसे राग मारवा।

(iii) औड़व

जिस राग में केवल पाँच ही स्वर लगे उसे औड़व जाति का राग कहते है जैसे राग भूपाली।

परन्तु इस वर्गीकरण से प्रत्येक हिन्दूस्तानी राग इन जातियों के अन्तर्गत नहीं आ सकते। कारण यह है कि राग के नियमों के अनुसार राग में आरोह तथा अवरोह दोनों होने चाहिए। आरोह तथा अवरोह कि संख्या समान न हो जैसे राग खमाज है। इसके आरोह में रे वर्जित होने से आरोह में छः स्वर लगते है परन्तु अवरोह में सातों स्वर प्रयोग होते है इसलिए आरोह-अवरोह दोनों का ध्यान रखते हुए उपर लिखी तीन जातियों में से प्रत्येक को तीन-तीन उप-

जातियों में बांट दिया गया है। ताकि राग के नियमों को भी न तोड़ा जाए तथा इन जातियों के अन्तरगत ही समस्त राग आ जाए।

आरोह-अवरोह दोनों का ध्यान रखते हुए इन तीन जातियों को उप-जातियों में बांटा गया है। वह जातियां इस प्रकार है-

(ii) सम्पूर्ण	**(ii) षाड़व**	**(ii) औड़व**
सम्पूर्ण-सम्पूर्ण	षाड़व-सम्पूर्ण	औड़व-सम्पूर्ण
सम्पूर्ण-षाड़व	षाड़व-षाड़व	औड़व-षाड़व
सम्पूर्ण-औड़व	षाड़व-औड़व	औड़व-औड़व

इस तरह कुल मिलाकर नौ जातियां होती है जिनके अन्तर्गत प्रत्येक हिन्दूस्तानी राग रखा जा सकता है। यह जातियां उनके स्वरों की संख्या के साथ इस प्रकार है।

सम्पूर्ण-सम्पूर्ण

जब किसी राग में आरोह तथा अवरोह में सात-सात स्वर प्रयोग हो उसे सम्पूर्ण सम्पूर्ण जाति का राग कहते है।

सम्पूर्ण-षाड़व

जब किसी राग के आरोह में सातों तथा अवरोह में केवल छः ही स्वर प्रयोग हो तो उसे सम्पूर्ण षाड़व जाति का राग कहते है।

सम्पूर्ण-औड़व

जब किसी राग में आरोह में सात स्वरों का प्रयोग हो और अवरोह में पांच स्वर लगे उसे सम्पूर्ण औड़व जाति का राग कहते है।

षाड़व-सम्पूर्ण

जब किसी राग में आरोह में छः सवर लगे तथा अवरोह सातों सवरों का प्रयोग हो तो उसे षाड़व सम्पूर्ण जाति का राग कहते है।

षाड़व-षाड़व

जब किसी राग में आरोह तथा अवरोह दोनों में छः-छः स्वर प्रयोग हो तो उसे षाड़व-पांडव जाति का राग कहते है।

षाड़व-औड़व

जिस राग में आरोह में छः स्वर लगे और अवरोह में पाँच स्वर प्रयोग हो उसे षाड़व औड़व जाति का राग कहते है।

औड़व-सम्पूर्ण

जिस राग में आरोह में पाँच ही स्वर लगे तथा अवरोह में सातों स्वरों का प्रयोग किया जाए उसे औड़व सम्पूर्ण जाति का राग कहते है।

औड़व-षाड़व

जिस राग में आरोह में केवल पाँच ही स्वर लगे और अवरोह में केवल छः स्वर ही प्रयोग हो तो उसे औड़व पाइव जाति का राग कहते है।

औड़व-औड़व

जिस राग में आरोह तथा अवरोह में केवल पाँच-पाँच ही स्वर प्रयोग हो उसे औड़व औड़व जाति का राग कहते है। आधुनिक समय में कुछ राग ऐसे

भी है, जिनमें सात सवर से अधिक स्वर प्रयोग होते है। जैसे राग भैरवी में आजकल बारह स्वरों का प्रयोग करते है। इसी प्रकार मिश्र पीलू राग भी है। ऐसे रागों को इन जातियों के अन्तर्गत नहीं रखा जा सकता है। इन्हें मिश्र अथवा संकीर्ण जाति के राग कहकर पुकारते हैं।

इस प्रकार "राग" को इन जातियों के अन्तर्गत बाँटा गया है।

अध्याय २

राग भीमपलासी, धनाश्री व पटदीप का सांगीतिक विवरण

राग भीमपलासी

तीखे रिध कोमल गमनि आरोहत निधहीन

स-म संवादी-वादी ते भीमपलासी चीन्ह।।[1]

हिन्दूस्तानी शास्त्रीय संगीत में 'भीमपलासी' एक अत्यन्त प्रचलित राग है। यह काफी थाट से उत्पन्न माना गया है। यह राग औड़व सम्पूर्ण जाति का माना जाता है। आधुनिक समय में यह बहुत लोकप्रिय रागों मे से एक राग है। 'भीमपलासी राग' में प्रायः बड़ा ख्याल, छोटा ख्याल धुपद, धमार, तराना, ठुमरी, गज़ल तथा भजन इत्यादि गायन-वादन की विधाए गाई बजाई जाती है।

2.1 राग भीमपलासी की ऐतिहासिक पृष्ठभूमि व सामान्य परिचय

'भीमपलासी' के नाम पर सभी विद्वानों के अलग-अलग विचार है। कुछ विद्वानों के अनुसार इस राग का नाम दो रागों के संयुक्त नामों से मिलकर बना है। यह दो राग है 'भीम' और 'पलासी' अर्थात् 'भीमपलासी' 'भीम' राग और

---

1 डॉ. लक्ष्मीनारायण गर्ग, 'राग विशारद', भाग-2, पृ० 380 (राग-चन्द्रिकासार)

'पलासी' राग का मिश्रित स्वरूप है "वहीं दूसरी और अन्य विद्धानों के अनुसार 'भीमपलासी' नाम किसी देश अथवा मुलक के नाम पर पड़ा हो सकता है। जैसे हिन्दूस्तानी शास्त्रीय संगीत में कई रागों के नाम देश प्रदेश से जुड़े है। जैसे कानड़ा, सौराष्ट्र अथवा मुलतानी इत्यादि उसी प्रकार 'भीमपलासी' राग का नाम भी देश-प्रदेश के नाम पर पड़ा हो सकता है। उनके अनुसार कोश को देखने से पत्ता चलता है कि 'पलाश' नाम 'मगध' और वराड प्रान्तों का था, 'भीम' उसका विशेषण होगा। भीम का अर्थ है शुर, पराक्रमी 'भीम' को अलग राग मानने वाले बहुत थोड़े है।[1]

"हिन्दुस्तानी संगीत के महान् ग्रन्थकार भरतमुनि तथा शरंणदेव जी कृत संगीत ग्रंथ 'संगीत रत्नाकर' तथा 'नाटय शास्त्र' में भीमपलासी का कोई उल्लेख नहीं है। भीमपलासी राग खास उत्तर का राग है क्योंकि दक्षिण की ओर राग 'धनाश्री' प्रसिद्ध है। पं० लोचन जी द्धारा रचित संगीत ग्रंथ 'रागतरगिणी' में भीमपलासी राग का उल्लेख किया गया है। इस ग्रंथ में उन्होंने भीमपलासी व धनाश्री राग भिन्न-भिन्न बताएं है। भातखण्डे जी के अनुसार यह राग उत्तर की तरफ कम से कम तीन-चार वर्षों से परिचय में होगा। किन्तु राग का मूल स्वरूप परिवर्तित हो गया है। लोचन पंडित के अनेक रागों का स्वरूप आज परिवर्तित हो गया है। लोचन पंडित जी ने भीमपलासी राग केदार संस्थान में बताया है।"[2]

भीमपलासी राग का उल्लेख हृदय नारायण जी ने भी किया है। उन्होंने 'हृदयप्रकाश' में इस प्रकार किया है।

"गमो पनी ससनिपा मगौ रिसानिसास्तथा।

षाडवी भाव्यतां भव्यै र्भव्या भीमपलासीका।"[3]

---

1 भातखंडे- संगीतशास्त्र, चतुर्थ भाग, पृ० 100

2 वि०ना०भात भातखण्डे संगीत शास्त्र भाग - 4, पृ० 107

3 हृदय नारायण कृत 'हृदय प्रकाश', भातखण्डे संगीत शास्त्र, भाग -4, पृ० 108

अर्थात्- ग म प नि सा सां नि प म ग रे स ऩि स।

लोचन जी ने अपने 'रागसंकर' नामक प्रकरण में भीमपलासी के अवयव रागों का वर्णन इस प्रकार किया है।

"घनाश्री पूरियाम्यां च भवेभ्दीमपलासिका।"[1]

अर्थात्- "पुरिया और धनाश्री मिलकर भीमपलासी राग होता है। 'संगीतसार' को लिखने वाले ग्रंथकार प्रताप सिंह जी के मतानुसार राग भीमपलासी भगवान शिवजी के मुख से उत्पन्न मानी है। परन्तु उन्होंने जिस भीमपलासी का वर्णन किया है। उसमें रिषभ और धैवत स्वर कोमल कहे है। इस प्रकार भीमपलासी का उल्लेख संगीत ग्रंथों में पाया गया है।"[2]

राग 'भीमपलासी' की उत्पत्ति काफी थाट से मानी गई है। इसकी जाति औडव सम्पूर्ण है। इसके आरोह में रिषभ और धैवत स्वर वर्जित है तथा अवरोह में सम्पूर्ण स्वर लगते है। भीमपलासी राग में गंधार और निषाद स्वर कोमल लगते है। इस राग का वादी स्वर सर्वसम्मति से मध्यम तथा सम्वादी स्वर षड़ज है। इसका गायन व वादन समय दिन का तृतीय पहर है। ये काफी अंग का राग है। इसमें वादी स्वर मध्यम होने से 'नि सा म इस प्रकार मध्यम पर ठहरते है। पंचम पर अधिक ठहरने से 'धनाश्री' राग हो जाता है। इन दोनों रागों का अंतर वादी और सवादी से ही स्पष्ट होता है।

भीमपलासी का न्यास स्वर 'पंचम' है। परन्तु भीमपलासी के इस न्यास स्वर पर ठहराव नहीं करना चाहिए क्योंकि ऐसा करने से वादी स्वर का स्वरुप ही समाप्त हो जाएगा। अतः भीमपलासी के स्पष्ट रूप को प्रदर्शित करने के लिए इसके बादी स्वर 'मध्यम का प्रयोग इन स्वर-समूहों द्वारा करना चाहिए जैसे- नि सा म S, म प ग म, S, प नि ध प म प ग म S, इसके पश्चात प ग, म ग रे सा इन स्वर समूहों के द्वारा मध्य 'सा' पर आना चाहिए।

---

1 लोचनकृत 'राग शंकर', भातखण्डे संगीत शास्त्र भाग 4. पृ० 108

2 वि०ना० भातखण्डे, भातखण्डे संगीत शास्त्र भाग-4, पृ० 108

कुछ विद्वानों के मतानुसार यह भीम और पलासी का मिश्रित राग का मिश्रित रूप है। भीमपलासी राग में 'भीम' राग और 'पलासी' को अलग-अलग दिखाना मुश्किल है। इसमें स म और प ग की संगती बार-बार दिखाते है। अधिकतर नि के साथ सा का तथा पंचम के साथ गंधार की संगती बार-बार दिखाते है। अधिकतर नि के साथ सा का तथा ग के साथ म का मीड प्रयुक्त स्पर्श किया जाता है। यह करुण प्रकृति का राग है। कुछ विद्वान इसमें शुद्ध निषाद का प्रयोग भी करते है। किन्तु यह प्रयोग बड़ी कुशलता से करना पड़ता है क्योंकि यह प्रयोग आवश्यक नहीं समझा जाता। अतः अगर ध्यान पूर्वक यह प्रयोग न किया जाए तो राग 'पटदीप' की छाया स्पट हो जाती है।

"भीमपलासी राग में अत्यधिक मतभेद है जैसे की हम देख चुके है कि इसमें मध्यमवादी व षड़ज संवादी है। इसका यह तात्पर्य हुआ कि यह राग उत्तरांग प्रधान है। कारण मध्यम पूर्वांग में नहीं आ सकता क्योंकि मध्यम तथा षड़ज दोनों सप्तक के एक अंग पूर्वांग में आ जाऐगे जो राग नियम के विरुद्ध होगा। अतः मध्यम उत्तरांग में और षड़ज पूर्वांग में आएगा। इस दृष्टि से इसका गायन समय बारह बजे रात्रि से बारह बजे दिन के भीतर होना चाहिए किन्तु इसका गायन इसके ठीक विपरीत है। दूसरे शब्दों में इसके गायन समय में तथा वादी-सवादी में पूर्ण विरोध है। अतः भीमपलासी को इस नियम का अपवाद मान लिया गया है। अतः इसे दिन के तीसरे पहर का राग मान लिया गया है। भीमपलासी राग की कुछ विशेषताएं निम्न है।"[1]

न्यास के स्वर- सा, ग, प

सम्प्रकृतिक राग- वागेश्री

विशेष स्वर संगति- नि सा म, म प ग म, म प ग, म ग रे सा नि सा ग[म] म ग रे[सा] सा, नि प, नि सा।

1 प्रो० हरिश्चन्द्र श्री वास्तव, 'राग परिचय' भाग - 2, पृ० 21

2.2 राग भीमपलासी की स्वर - लिपि

भीमपलासी

बड़ा ख्याल - एक ताल-विलम्वित

बदिंश

स्थाई-

चितवन कौन समाऐ, न जानु

मोरे पिया किन वैरन विर माऐ।

अन्तरा-

ऐसी भाई वाबरी उन विन,

लाल रंग तरपत हूँ नैनन नीर बहाऐ।[1]

---

1 डॉ० चमन लाल वर्मा, द्वारा प्राप्त

स्थाई

			म ग रे सा से रे नि सा
			नि त व न को न ऽ स
3		4	
म - - -	सा ग म प ग रे सा नि	सा सा नि ध	प प नि - - सा -
मा ऽ ऽ ऽ	ऽ ऽ ऽ ऽ ऐऽ ऽ ऽ ऽ	न ऽ ऽ ऽ	जा ऽ ऽ ऽ नू ऽ
x		0	
सा रे नि सा म	सा म ग म प	प म ग म नि ध प	प नि - - - -
मो ऽ ऽ ऽ ऽ	ऽ ऽ ऽ रे ऽ	पि ऽ ऽ ऽ ऽ ऽ ऽ	ऽ ऽ ऽ ऽ ऽ ऽ
2		0	
सां	प नि सां ग रैं सां -	रैं नि ध प म ग रे सा	
पा ऽ ऽ ऽ	कि न वे र न वि र	मा ऽ ऽ ऽ ऐ ऽ ऽ ऽ	

अन्तरा

			प म ग म प नि
3		4	ऐ सी म ई बा व
सां - - -	प नि सां गं रैं सां	सां रैं नि ध प	प म ध प ग रे सा
री ऽ ऽ ऽ	ऽ ऽ ऽ ऽ ऽ ऽ	ऽ ऽ ऽ ऽ ऽ	उ न बि ऽ न ऽ ऽ
x		0	
सा रे नि सा म	सा म ग म प	प म ग म प नि ध	प नि - - - -
ला ऽ ऽ ल ऽ	रं ऽ ऽ ग ऽ	त ऽ ऽ ऽ ऽ ऽ ऽ	र ऽ प ऽ ऽ त
2		0	
सां - - - -	प नि सां गं रैं सां	रैं नि ध प म ग रे सा	
हूं ऽ ऽ ऽ ऽ	नै न न नी ऽ र	व हा ऽ ऽ ऐ ऽ ऽ ऽ	
3		4	

राग भीमपलासी
छोटा ख्याल (तीन ताल-द्रुत लय)
बंदिश

स्थायी-

जा जा रे अपने मन्दिरवा।

सुन पावेगी सास ननदिया।

अन्तरा-

सुन वो सदा रंग तुम को चाहत हूँ।

क्या तुम हमको छगन दिया।[1]

---

1 डॉ० लक्ष्मी नारायण गर्ग, 'राग विशारद' भाग-दो, पृ० 383

स्थाई

ग	ग	रे	सा	रे	नि	सा	-	स	म	म	म	पम	गम	ग	म
जा	ऽ	रे	ऽ	अ	प	ने	ऽ	म	ऽ	दि	र	वाऽ	ऽऽ	सु	न
प	नि	सां	गं	रें	सां	सां	सां	रें	नि	सां	प	पम	गम	पनि	प
पा	ऽ	वे	ऽ	गी	ऽ	सा	ऽ	स	न	न	दि	याऽ	ऽऽ	नाऽ	ऽ
0				3				x				2			

अन्तरा

प	प	प	प	म	प	ग	म	प	प	नि	नि	सां	सां	सां	-
सु	न	वो	स	दा	ऽ	रं	ग	तु	म	को	या	ह	त	हूं	ऽ
नि	नि	सां	गं	रें	रें	सां	-	नि	नि	सां	सां	पम	गम	पनि	प
क्या	ऽ	तु	म	ह	म	को	ऽ	छ	ग	न	दि	याऽ	ऽऽ	जाऽ	ऽ
0				3				x				2			

राग-भीमपलासी
ध्रुपद-(चौताल)
बंदिश

स्थायी-

निरख मदन मुरत श्याम

सुन्दर की छवि देखी

मोसे वरनी न जाये।

अन्तरा-

मोर मुकुट कमल नयन

माथे चमके केसर तिलक

अलख वाल कुण्डल छवि

गले सोहै मुक्ता माल।[1]

---

1 डॉ॰ यादवेन्द्र शर्मा, 'संगीत बोध', पृ॰ 85

स्थायी

x		0		2		0		3		4	
नि	सा	म	ग॒	रे	सा	नि॒	सा	ग॒	म	प	म
नि	र	ख	म	ह	न	मु	र	त	श्या	ऽ	म
प	ऽ	म	प	ग॒	म	ग॒	म	प	नि॒	सा	-
सु	ऽ	न्द	र	की	ऽ	छ	वी	दे	ऽ	खी	ऽ
प	-	ग॒	-	म	प	ग॒	-	म	ग॒	रे	सा
मो	ऽ	से	ऽ	व	र	नी	ऽ	न	जा	ऽ	ये

अन्तरा

x		0		2		0		3		4	
प	-	प	प	ग॒	म	प	नि॒	नि॒	सा	सा	सा
मो	ऽ	र	मु	कु	ट	क	म	ल	न	य	न
नि॒	सां	सां	नि॒	सां	मं	ग॒	रे	सा	नि॒	ध	प
मा	ऽ	ये	च	म	के	के	स	र	ति	ल	क
प	नि॒	प	नि॒	सां	सां	रे	नि॒	सां	नि॒	ध	प
अ	ल	ख	या	ऽ	ल	क	ऽ	ड	ल	छ	वि
प	प	प	ग॒	ग॒	म	नि॒	ध	प	ग॒	रे	सा
ग	ले	ऽ	सो	ऽ	है	मु	ऽ	क्ता	मा	ऽ	ल

भीमपलासी
तराना तीन ताल (मध्यलय)

स्थायी-

ना दिर दोम्त तननन देना दानि तोम्त

ततन ननन द्रेंदीम्ता रे दा नि, ना दिर

अन्तरा-

तोम्तोम्तना ना दिर दिर तनोम्त न दीम्त

ननन दीम्दी तोम्तदा तिन ननन देरे ना

दीम्त नतारे दानि ना दिर।[1]

---

[1] श्रीवास्तव मधुर स्वर-लिपि संग्रह भाग-एक, पृ० 61

स्थायी

नि सागा

0	3	x	2 न दिर
प - प ग	म ग म प	नि - सां -	नि सां गं -
दी ऽ ग्त न	न म न द्रे	ना ऽ ऽ ऽ	दा नि तो ऽ
मं गं रें सां	नि ध प प	ग - म ग	रे सा नि सासा
ग्त त त न	न न न द्रे	दी ऽ म्ता रे	दा नि, ना दिर

अन्तरा

प म ग म	- प नि -	प निनि पप नि	सा - सा ग
तो ऽ ग्तो ऽ	ऽ ग्त ना ऽ	ना दिर दिर त	नो ऽ म्त न
रें - सां -	नि सां गं मं	पं मं गं मं	प म ग म
दी ऽ ऽ ऽ	म्त न न न	दी ऽ ऽ ऽ	म्दी ऽ ऽ ऽ
प नि प नि	सा - मं गं	रें सां नि ध	प म ग प
म्तो ऽ ऽ म्त	दा ऽ नि त	न न न दे	रे ना दी ऽ
प प म ग	रे सा नि सासा		
म्त न ता रे	दा नि ना दिर		
x	2	0	3

2.3 राग धनाश्री की ऐतिहासिक पृष्ठभूमि व सामान्य परिचय

राग धनाश्री

चढ़त रिखत धैवत नहीं, सब कोमल सुर जान।

स-प संवादी-वादी तें, धनासिरी पहिचान।[1]

काफी थाट से उत्पन्न होने वाले रागों के विशिष्ट रागों में पाँच वर्ग होते है। काफी, सारंग, कानड़ा, मल्लार तथा धनाश्री इन्हीं रागों में से एक है 'धनाश्री' राग। यह एक प्रचलित राग है इसकी जाति औड़व सम्पूर्ण मानी गई है।

"धनाश्री राग एक प्राचीन राग है। यदि हम पुराने संगीत ग्रन्थों को पढ़े तो उनमें 'धनाश्री' राग का उल्लेख मिलता है। प्राचीन ग्रन्थों में धनाश्री के अलावा धन्यासी, पन्नासका आदि नामों का उल्लेख मिलता है। पं० लोचन जी ने अपने ग्रन्थ 'रागतरंगिणी' में धनाश्री का उल्लेख किया है। किन्तु उन्होंने जो धनाश्री राग का स्वरूप बताया है वह आज की धनाश्री राग से भिन्न है। लोचन जी ने जो धनाश्री बताई है उनमें उन्होंने रिषभ और धैवत स्वर कोमल कहें है। इसके अलावा हृदय पंडित जी ने भी अपने ग्रन्थ (हृदय कौतुक) में धनाश्री राग का उल्लेख किया है। उन्होने यह धनाश्री पूर्वी थाट की कही है। धनाश्री राग का उल्लेख अहोबल जी ने भी किया है। उन्होंने अपने ग्रन्थ 'संगीत पारिजात' में घनाथ का उल्लेख किया है। उन्होंने जो धनाश्री बताई है यह बिल्कुल हमारी आज के धनाश्री राग की तरह है। उनका भी शुद्ध थाट काफी का ही था। उन्होंने धनाश्री का उल्लेख इस तरह किया है।"[2]

---

1 लक्ष्मी नारायण गर्ग, 'राग-विशारद', पृ० 120

2 वि०ना०भातखण्डे, भातखण्डे संगीत शास्त्र भाग 4, पृ० 119

"आरो है रिध हीना स्यात्पूर्णा शुद्धस्वरैयुर्ता

गांधारस्वरपूर्वा स्याद्धनाश्री मर्ध्यमान्तिका।"[1]

"इसी प्रकार श्री निवास पंड़ित जी ने भी अहोवल द्वारा बताई गई धनाश्री का ही उल्लेख किया है। दक्षिण के प्रसिद्ध संगीत विद्धान 'पुण्डरीक विठल जी' ने धनाश्री राग का उल्लेख किया है। उन्होने धन्नसी राग बताया है। उन्होने उसको श्री राग मेल में डाला है। इसी प्रकार सोमनाथ जी ने भी अपने ग्रन्थ 'राग-विवोध' में धनाश्री राग का उल्लेख किया है। इसी प्रकार अभिनव के 'राग मंजरि' नामक संगीत ग्रन्थ में भी धनाश्री राग का उल्लेख हुआ है। इरान में जो 10-12 'पारसीकेय' राग कहे हैं उनमें धनाश्री राग इस तरह बताया गया है- "धनास्यां चइरायिका"। 'राग मंजरी' में 'धनाश्री' मालव कोशिक में रखा गया है। सोमनाथ पंडित जी ने 'धनाश्री' श्री राग मेल में बताई है। 'चतुर्दण्डिप्रकाशिता' ग्रन्थ में धनाश्री 'श्री' मेल में ही यनि काफी मेल में बताई है। उसका वर्णन इस प्रकार है।"[2]

"धन्यासिरागों रगांगो जाताः श्री राग मेलत

रि ध लोपादयोऽयं प्रातगीतः शुभप्रदः।"[3]

इस प्रकार 'धनाश्री' राग का उल्लेख प्राचीन ग्रन्थकारों के ग्रन्थों में मिलता है।

'धनाश्री' राग काफी थाट से उत्पन्न माना गया है। इस राग के आरोह में रिषभ व धैवत स्वर वर्जित माने गए हैं तथा अवरोह में सातों स्वरों का प्रयोग किया जाता है। इसलिए इसकी जाति औड़व-सम्पूर्ण मानी गई है। इस राग का वादी स्वर पंचम तथा संवादी षड़ज माना गया है। इसका गायन समय दिन

---

1 अहोवल, 'संगीत परिजात' (अहोवल कृत)

2 वि०ना०भातखण्डे, भातखण्डे संगीत शास्त्र, भाग-4, पृ० 120

3 'चतुर्दण्ड प्रकाशित' भातखण्डे संगीत शास्त्र, भाग-4 पृ० 121

का तीसरा प्रहर है। 'धनाश्री' के चार अंग अर्थात प्रकार माने गए हैं। (1) काफी अंग (2) आसावरी अंग (3) भैरवी अंग (4) तीव्र गन्धार अंग।[1]

आसावरी अंग की धनाश्री

जब किसी राग के अलग-अलग प्रकार बनते है तब भी मूल का अन्त राग एक ही रहता है। इसी नियम के अनुसार प्रत्येक प्रकार में राग का आरोह समान है।

आरोह- सा ग म प नि सां

अवरोह- सां नि ध प म ग रे सा

एक बात ध्यान रखना आवश्यक है कि यहां कोमल धैवत का प्रयोग केवल आसावरी का आभास निर्माण करना है न की अवरोह में आसावरी गाना है। ऐसा करने से यह एक जोड़ राग 'आसाधनाश्री' हो जाएगा। 'धनाश्री' पूर्वांग अर्थात आरोह अंग से ही गाया जाता है। सा, ग म प, म प ग, रे सा, नि नि प सा, सा ग म, म प ग म प नि, प नि ध प म प, ग म प ग, रे सा, म प ग, ग म प नि नि, प नि सा, सा ग रे सा, सा नि नि ध प ध प म प ग म प, म प ग, रे सा। इस प्रकार 'धनाश्री' का अंग कायम रखते हुए कोमल धैवत से आसावरी का आभास निर्माण किया जाता है। इसकी जाति शुद्ध गा धा नि है।

भैरवी अंग की धनाश्री

कोमल धैवत तथा कोमल रिषभ का प्रयोग करके भैरवी का आभास निर्माण किया गया है।

आरोह- सा, ग म प, नि सां

अवरोह- सां नि, ध प म ग, रे सा

1 पं० माणिक दुआ दाकुर दास, 'राग दर्शन' भाग-1, पृ० 123

राग स्वरूप- सा, ग म प, म, प, ग म प नि, सा ग, ग, म, म प, प नि नि ध प, म प, ग म प नि सा, सा नि नि ध प, म प, ग म प ग, रे सा, ग म प ध प, म प ग रे सा, ग म प। इस प्रकार स्वर वक्र रूप से लेने से राग नष्ट नहीं होता है यदि अवरोह सरल लिया जाए तो 'भैरवी' प्रतीत होगी।

तीव्र गंधार की धनाश्री

इस धनाश्री में 'भीम' का अंग है अर्थात कोमल निषाद का महत्व है। और यही राग का ग्रह स्वर है। 'भीम' राग दो प्रकार का है। एक जिसमें दोनों गन्धार लगते हैं दूसरा जिसमें केवल कोमल गंधार लेते हैं। धनाश्री राग में तीव्र गन्धार इस प्रकार लिया जाता है जिससे वह 'भीम' से अलग दिखता है।

आरोह- नि सा ग म प नि सां

अवरोह- सा नि ध प, म ग रे सा अथवा ग म रे सा

राग स्वरूप- सा नि सा ग म रे सा, सा नि नि ध प, ध म प नि, प नि सा ग, ग म, म प, म प ग, ग म रे सा, ग म नि नि ध प, ध म प ग म, ग म रेसा मग रेसा नि साग, ग म प नि नि, प नि सा, ग म रे सा, सा नि ध प, ध म प ग म, ग म रे सा।

यहां पर राग 'पलासी' का विचार करना उचित होगा। पलासी के पूर्वांग में रिषभ आरोह में लिया जाता है अर्थात 'म ग रे सा होता है। धनाश्री में 'म (ग) रे सा करते समय तीव्र गन्धार लिया जाता है व राग में वैचित्र्य करने के लिए ग म रे सा करते है। गन्धार वक्र प्रयोग करते है। राग 'भीम' में रिषभ वजर्य है तथा 'पलासी' में धैवत वर्जय है। धनाश्री में 'भीम' राग का धैवत लेने से 'सा नि ध प' होता है तथा 'पलासी' का धैवत लेने से प ग रे सा होता है। परन्तु धनाश्री में गन्धार तीव्र लेने से 'म ग रे सा' इसके आरोह में रिषभ धैवत वर्जित है मध्यम निषाद, कोमल है और अवरोह में धैवत, गन्धार तथा रिषभ तीव्र है ये औड़व-सम्पूर्ण का राग है और इसकी जाति औढ़त सम्पूर्ण मानी गई है।

काफी अंग की धनाश्री

इसके आरोह में गन्धार, मध्यम, निषाद स्वर कोमल है। इसमें धैवत और रिषभ वर्ज्य है। अवरोह में धैवत, और रिषभ तीव्र है। यह औड़व सम्पूर्ण प्रकार का राग है। इसका वादी पंचम तथा संवादी षड़ज है। गायन समय दिन का तीसरा पहर है।

आरोह- सा ग म प नि सां

अवरोह- सां नि ध प म ग रे सा

इस राग में ग्रह स्वर षड़ज होने के कारण पंचम महत्वपूर्ण है। अर्थात षड़ज पर पूर्वाघात, पथम पर आघात तथा तार षड़ज पर प्रत्याघात होता है। प्रत्येक राग के ग्रह स्वर के द्वारा मुख्य आघात का स्वर सहज ही मिलता है। ये स्वर राग का वादी स्वर हो सकता है। इस राग की आरोहांग प्रधान अर्थात पूर्वांग प्रधान प्रकृति है। ये अप्रचलित राग है आजकल 'भीम पलासी' राग धनाश्री जैसा ही गाया जाता है। उसमें पंचम का महत्व बढ़ाया जाता है। परन्तु शास्त्र में मध्यम षड़ज वादी संवादी माने गए हैं।

धनाश्री राग में 'प ग' की स्वर संगति विशेष रूप से ली जाती है। धनाश्री राग इस प्राकर प्रारम्भ करते हैं जैसे नि सा ग, म म, ध प, नि ध प, म प, ग प ग, म ग रे सा इसमें पंचम का प्रयोग अधिक है तथा निषाद पर रुकना नहीं है शुरुआत में। धनाश्री राग में गन्धार पर न्यास होता है जैसे नि सा ग, म प, ग, सा ग म प, ग इत्यादि। इस कारण थोडा धानी राग का आभास होता है। परन्तु इसके आगे 'म ग रे सा' जोड़ने से वह आभास दूर हो जाता है धनाश्री राग के विकट वाला राग भीमपलासी है। भीमपलासी व धनाश्री में अन्तर केवल वादी-संवादी का है। धनाश्री में पंचम वादी व षड़ज संवादी है तथा भीमपलासी में मध्यम वादी व षड़ज' संवादी है। धनाश्री का उठाव साधारणतः निषाद से होता है। धनाश्री राग में 'प ग' की संगति भीमपलासी राग से अधिक ली जाती है। धनाश्री में भीमपलासी व धानी इन रागों का तिरोभाव है। भीमपलासी इस

प्रकार प्रारम्भ होता है जैसे- नि सा म, म ग म, प म, प ग, म ग रे सा तथा धनाश्री इस प्रकार आरम्भ करते हैं जैसे- नि सा ग म प, म प, ग प ग, म ग रे सा। धनाश्री राग का आरोह, अवरोह तथा पकड़ इस प्रकार है-

आरोह- नि सा ग म प, नि सा

अवरोह- सां नि ध प, म ग, प ग, म ग रे सा

पकड़- नि सा ग म प, प ग, रे सा।

"यह पता चलता है की प्रत्येक के आरोह में एक व अवरोह में दूसरा राग दिखाई पड़ता है। परन्तु हमें ध्यान रखना चाहिए कि आरोह-अवरोह राग के क्षेत्र को बताते है। राग के अंतरंग को नहीं। कई बार जोड़ रागों में भी ऐसा होता है। परन्तु राग प्रस्तुत करते समय देखना चाहिए कि उसकी कौन सा मध्य बिन्दु है। जो दो रागों को एक रूप करता है। तथा दो अलग-अलग रागों के स्वभाव को कायम रखते हुए अपना एक अलग अस्तित्व दिखाता है।"[1]

2.4 राग धनाश्री की स्वर-लिपि

राग धनाश्री

बड़ा ख्याल (एक ताल विलम्बित)

बंदिश

स्थायी-

साजन आये घरवा

अति आनन्द भईलवा।

अन्तरा-

1 पं० मानिक बुआ ठाकुर दास राग दर्शन-2, पृ० 125

आस भई है पुरन मोरी

अब तो सखीरी।[1]

स्थायी

नि	सा	गुम	म	प	-	प	-	प	ग	रे	सा
सा	ऽ	जऽ	न	आ	ऽ	ये	ऽ	थ	र	वा	ऽ
मग	म	प	नि	ध	प	प	ग	-	रे	सा	-
अऽ	ति	आ	ऽ	नं	द	भ	ई	ऽ	ल	वा	ऽ
3		4		x		0		2		0	

अन्तरा

प	-	ग	म	प	नि	सां	-	नि	-	सां	गं
आ	ऽ	स	भ	ई	ऽ	है	ऽ	पू	ऽ	र	न
रे	सा	निध	मप	ग	म	प	ग	रे	-	सा	-
मे	ऽ	रीऽ	ऽऽ	अ	ब	तो	स	खी	ऽ	री	ऽ
3		4		x		0		2		0	

1 पं० नारायण लक्ष्मण गुणे, 'संगीत प्रवीण' भाग-3, पृ० 65, 66

धनाश्री राग
छोटा ख्याल (तीन ताल - मध्यलय)
बंदिश

स्थायी-

नैन मतवारे, लागत प्यारे

सोहत अतही नन्द इलारे।

अन्तरा-

देखकन आई राधा रानी

छुप गये तव अति भई वीरानी।[1]

1 पं० नारायण लक्ष्मण गुणे, 'संगीत प्रवीण' दशिका भाग-3, पृ० 67

स्थायी

नि̣

-	सा	ᵐग॒	म	प	-	प	-	ग॒	-	म	प	ग॒	रे	सा	-
ऽ	न	म	त	वा	ऽ	रे	ऽ	ला	ऽ	ग	त	प्या	ऽ	रे	ऽ
3				x				2				0			
ग॒	म	प	नि॒	ध	ध	प	-	ग॒	-	म	प	ग॒	रे	सा,	नि॒
सो	ऽ	ह	त	अ	त	ही	ऽ	नं	ऽ	द	दू	ला	ऽ	रे,	नै

अन्तरा

3				x				2				0			
प	-	ग॒	म	प	नि॒	सा	-	नि॒	-	सां	गं॒	रे	-	सा	-
दे	ऽ	ख	न	आ	ऽ	ई	ऽ	रा	ऽ	धा	ऽ	रा	ऽ	नी	ऽ
ग॒	म	प	नि॒	सां	नि॒	ध	प	ग॒	ग॒	म	प	ग॒	रे	सा,	नि॒
छु	प	ग	ये	त	व	अ	ति	भ	ई	वो	ऽ	रा	ऽ	नी,	नै

धनाश्री
झप ताल (मध्य लय)
बंदिश

स्थायी-

आज कृपा करे आए मेरे धाम

धन धरी शुभ दिन जाबे मेरे भाग।

अन्तरा-

तन की तपन गई अखियां सीतल भई

भले जू भले आए मोहन घनश्याम।[1]

---

1 डॉ० लक्ष्मी नारायण गर्ग, 'राग विशारद' भाग 2, पृ० 121

स्थायी

प	-	प	-	प	म	प	नि	प	ग
आ	ऽ	ज	ऽ	कृ	पा	ऽ	ऽ	क	र
म	ग	म	प	प	ग	-	रे	-	सा
आ	ऽ	ए	ऽ	मे	रे	ऽ	धा	ऽ	म
नि	नि	सा	सा	-	सा	म	ग	रे	सा
ध	न	ध	री	ऽ	शु	भ	दि	ऽ	न
नि	सां	सां	-	रे	सा	नि	ध	प	ग
जा	ऽ	गे	ऽ	मे	रे	ऽ	भा	ऽ	ग
x		2			0		3		

अन्तरा

प	प	ग	-	म	प	नि	सां	सां	-
त	न	की	ऽ	त	प	न	ग	ई	ऽ
नि	नि	सां	-	रें	सांनि	सां	नि	ध	प
अं	खि	यां	ऽ	सी	तऽ	ल	भ	ऽ	ई
म	प	नि	सां	मं	गं	-	रें	सां	सां
भ	ले	जू	ऽ	भ	ले	ऽ	आ	ऽ	ए
प	सां	सां	-	रें	सां	नि	प	प	ग
मो	ऽ	ह	ऽ	न	ध	न	श्या	ऽ	म
x		2			0		3		

राग-धनाश्री
ध्रुपद (चोताल)
बंदिश

स्थायी-

सास सदन मदन कदन।

रशन को ले पूजा जात देखि एक बार।

अन्तरा-

सहज निकट आय हरि।

हरख हरख बूझन लागे।

कह जात एरी ग्वाल।

कर पकर तवा कोकर तजो हार।[1]

1 डॉ० लक्ष्मी नारायण गर्ग, 'राग विशारद' भाग 2, पृ० 122

स्थायी

0		3		4		x		0		2	
नि	सां	म	ग	रे	सा	नि	सा	ग	म	प	प
सा	ऽ	स	स	द	न	म	द	न	क	द	न
प	प	[प]नि	पम	[म]ग	म	प	नि	-	सां	-	सां
ऽ	र	श	न	को	ऽ	ले	ऽ	ऽ	पू	ऽ	जा
[प]सां	-	[नि]ध	प	ग	प	म	[म]ग	-	रे	-	सा
जा	ऽ	त	दे	ऽ	खि	ए	क	ऽ	वा	ऽ	र

अन्तरा

प	प	म	प	[म]ग	म	प	नि	नि	सां	-	सां
स	ह	ज	नि	क	ट	आ	ऽ	य	ह	ऽ	र
[सां]नि	[सां]नि	सां	गं	रें	सां	[सां]नि	[सां]नि	सा	नि	ध	प
ह	र	ख	ह	र	ख	बू	झ	न	ला	ऽ	गे
[म]प	[म]ग	-	प	म	[म]प	[म]प	ग	-	रे	-	सा
क	ह	ऽ	जा	ऽ	त	ए	री	ऽ	ग्या	ऽ	ल
[सां]नि	सा	ग	म	प	नि	प	नि	सां	गं	रें	सां
क	र	प	क	र	त	या	ऽ	को	ऽ	क	र
मप	पग	-	रे	-	सा						
त	जो	ऽ	हा	ऽ	र						
x		0		2		0		3		4	

2.5 पटदीप राग की ऐतिहासिक पृष्ठभूमि व सामान्य परिचय

राग-पटदीप

"जब काफी के मेल में, आरोहन रे, ध त्याग

शुद्ध निषाद पटदीप में, मानत पस सम्वाद।"[1]

"राग पटदीप बहुत प्राचीन राग नहीं है फिर भी कर्ण प्रिय होने के कारण प्रचार में सभी गायक-वादक इससे परिचित है तथा गाते बजाते है। यद्यपि यह राग प्रचलित दस थाट के अन्तर्गत नहीं आता है परन्तु इसमें धनाश्री अंग प्रबल होने के कारण धनाश्री के ही जनक थाट काफी थाट को ही इसका थाट मान लिया है। इसमें गन्धार कोमल तथा अन्य सभी स्वर शुद्ध प्रयोग होते हैं।[2]

'पटदीप' राग एक आधुनिक प्रचलित राग है। इस राग की रचना कुछ वर्ष पहले हुई है। 'पटदीप' राग मधुर व प्रिय होने से यह राग अत्यन्त लोकप्रिय हो गया है। 'पटदीप' राग को भिन्न-भिन्न लोगों द्वारा भिन्न-भिन्न नामों से भी पुकारा जाता है। जैसे परदीप, प्रदीप, पथदीप इत्यादि। कुछ लोग 'प्रदीपिका' नाम का जो राग है उसके साथ इसे मिलते है। जबकि वास्तव में पटदीप और प्रदीपिका दोनों भिन्न-भिन्न राग है।

सामान्य रूप से यह कहा जाता है कि भीमपलासी के कोमल निषाद के स्थान पर शुद्ध निषाद का प्रयोग करके इस राग की रचना की गई है। जैसे मालकौस के अतः कोमल निषाद के स्थान पर शुद्ध निषाद प्रयोग करके राग चन्द्र कौंस बनाया गया है।[3]

---

1 बसन्त कृत, 'राग कोश', पृ० 8

2 पं० रामाश्रय झा, 'अभिनव गीतांजली', पृ० 128

3 पं० ओमकार नाथ ठाकुर, 'संगीतांजली', पृ० 52

यह बात सिंधात रूप से मानी हुई है कि जो स्वर राग में प्रयुक्त होते है, उन स्वरों का पारस्परिक षडज पंचम भाव से या षडज मध्यम भाव से संवाद रहता है तथा रहना चाहिए। जिन रागों में स्वाद के इन नियमों का पालन होता है वे शुद्ध राग कहलाते है।

इसके अतिरिक्त दूसरी व्याख्या इस प्रकार है कि जिन रागों में अन्य किसी राग या रागों की छाया या समितश्रण न हो, उन्हें शुद्ध राग माना जाता है। इसके उपरांत कुछ रागों में स्वरों की कुछ क्रियाएं ऐसी होती है, जो पूर्वांग और उत्तरांग में एक सी रहती है और उन दो क्रियाओं के मिलने से ही वे राग बनते है। ऐसे रागों की कुछ क्रियाएं ऐसी होती है जो पूर्वांग और उत्तरोग में एक सी रहती है और उन दो क्रियाओं के मिलने से ही वे राग बनते है। ऐसे रागों को शुद्ध कहा जाता है। शुद्धत्व के तीन प्रकार उधारण सहित इस प्रकार है।

(1) स्वर-संवाद की शुद्धता 'भैरव' इसमें सभी स्वरों का षड़ज पंचम भाव से परस्पर स्वांद है जैसे सा <u>रे</u> ग म प <u>ध</u> नि सां।

(ii) अन्य रागों के मिश्रण का आभाव कल्याण।

(iii) पूर्वांग और उत्तरांग में समान स्वर-क्रियाए-बिहाग।

जैसे नि सा <u>ग</u> म <u>ग</u>-रे नि सा, मप नि सां नि ध म प।[1]

"स्वर-संवाद का जो नियम है, उसका तो शुद्ध छायालग, मिश्र या सकीर्ण सभी रागों में पालन होना शास्त्रीय दृष्टि से अनिवार्य है क्योंकि रागों के मिश्रण से उसका कोई सम्बन्ध नहीं है। इस नियम को देखते समय 'पटदीप' में जो शुद्ध निषाद प्रयुक्त होता है उससे षड़ज पंचम भाव या षड़ज-मध्यम-भाव से संवाद करने वाला कोई भी स्वर इस राग की स्वरावली में नहीं है। इस कारण 'पटदीप' राग शुद्ध रागों में नहीं हो सकता, अपितु उसे अशुद्ध या अशास्त्रीय रागों में रखना चाहिए। परन्तु यह एक बहुत प्रचलित एवं लोकप्रिय राग होने

---

1 पं० ओमकार नाथ ठाकुर, 'संगीतांजली' पृ० 52

के कारण विद्यार्थी उससे अनभिज्ञ न रह जाए इसलिए इसे यह स्थान दिया गया है।"[1]

'पटदीप' राग का उल्लेख किसी भी ग्रंथकार ने अपने ग्रंथ में नहीं किया है। इससे यह पता चलता है कि 'पटदीप' एक आधुनिक प्रचलित रागों में से एक राग है। इस राग की उत्पत्ति काफी थाट से मानी गई है इसके आरोह में रिषभ तथा धैवत स्वर वर्जित किये जाते है तथा अवरोह में सातों स्वरों को किया जाता है अतः इसकी जाति औड़व-सम्पूर्ण है इसका वादी स्वर पंचम और स्वांदी स्वर षड़ज है। इसमें कोमल गन्धार प्रयोग होता है तथा अन्य स्वर शुद्ध प्रयोग होते है। इसका गायन समय दिन का चौथा पहर माना गया है। पटदीप राग को लेकर सभी विद्वानों के मतभेद है। इस राग को काफी थाट का मान लिया गया है। लेकिन वास्तव में से किसी भी थाट में नहीं आता है और लिखित विचार भी उल्लेखनीय है।

"हम जानते है कि भरत ने भिन्न-भिन्न शुद्ध जातियों के मिश्रण से विकृता संसर्गजा जातियों का निर्माण किया है। हम यह भी जानते है कि आधुनिक प्रसिद्ध रागों में कुछ ऐसे सम्मिश्रण राग रूप है जो समाज में आदर के साथ स्थान पाए हुए है। कहीं पूर्वांग में राग का एक रूप रहता है तो उत्तरांग में राग का दूसरा अंग दिखाया जाता है। जैसे राग "भैरव-बहार"। किसी में आरोह एक राग का रहता है तो अवरोह दूसरे राग जैसे 'भूपकल्याण" कुछ ऐसे भी राग है जिनमें दो से अधिक रागों का मिश्रण होता है। जैसे राग 'खट' हां इन मिश्रणों के बावजूद शास्त्रज्ञ जानते है कि इन सम्मिश्रित रागों में प्रयुक्त स्वरों में षड़ज पंचम भाव या षड़ज-मध्यम-भाव से संवाद के नियम का उल्लघन कहीं नही पाया जाता है। इस दृष्टि से 'पटदीप' में प्रयुक्त शुद्ध निषाद के विवादी होते हुए भी उसके प्राणासम प्रयोग को देखते हुए हम यह कहने के लिए बाद्य है कि शुद्ध रागों में इसे स्थान नहीं दिया जा सकता। यह सत्य है कि सामान्य जन-समूह राग की शुद्धावस्था अर्थात् शास्त्रीय नियमों को नहीं जानते। वे

---

1 वही, पृ० 53

केवल रस के ग्राहक होते है और अपने प्रिय या पूज्य कलाकार द्वारा प्रस्तुत ऐसे अशुद्ध रागों का भी उसी समान आदर के साथ आनन्द लेते है जैसे की अन्य शुद्ध रागों का 'पटदीप' राग में सारे ही स्वर सिर्फ निपाद को छोड़ कर भीमपलासी के लगते है। इसका आरोह-अवरोह भी भीमपलासी के समान किया जाता है। नि सा ग प म नि सा, सा नि ध प, म प ग म ग रे सा।"[1]

"पटदीप" राग आज सभी संगीत के घरानों के द्वारा लगभग समान रूप से गाया बजाया जाता है। यह एक बहुत ही लोकप्रिय राग है। इस राग में मध्य सप्तक के स्वरों में बढ़त करते समय बीच-बीच में शुद्ध निपाद की झलक दिखाना अत्यन्त आवश्यक होता है अन्यथा 'भीमपलासी' राग की छाया दृष्टि-गोचर होगी अन्य स्थानों पर भी निषाद को विशेष महत्व दिया जाता है। इस राग में 'धम' स्वरों की स्वर संगति अधिक प्रयोग होती है। इस राग का ग्रह स्वर षड़ज होने से पंचम महत्वपूर्ण है। यह पूर्वांग प्रधान राग है। यह एक आधुनिक राग है इस राग में 'पट' राग का अंग दिखाया जा सकता है। प नि सा ध प, ध म प नि ध प, ध म प। ग रे सा करने पर पटदीप हो जाता है। पट में तीव्र गन्धार तीव्र है जब पटदीप राग में कोमल गंधार प्रयोग होता है।[2]

'भीमपलासी' राग में शुद्ध निषाद प्रयोग करने से पटदीप राग बनता है। किन्तु पं० मणिक-बुआ ठाकुर जी के अनुसार यह धारणा सही नहीं है। इन दोनों रागों की प्रकृति भिन्न-भिन्न है। 'भीमपलासी' में ग्रह स्वर कोमल निषाद मध्यम महत्वपूर्ण है। जबकि पटदीप राग में ग्रह स्वर 'षड़ज होने से पंचम पर आघात महत्वपूर्ण है। अर्थात् पंचम स्वर महत्वपूर्ण है। भीमपलासी राग का चलन इस प्रकार है। सा, ग, रे सा, नि नि ध प ध म प नि नि सा, सा ग ग, म म प, म प ग, रे सा, नि नि सा, ग म ग प म प ग रे सा, नि नि सा, ग म ग प, नि सा ग म प, म प ग रे सा। यहां पर स्वाभाविक पंचम स्वर महत्वपूर्ण है।

---

1 पं० ओमकार नाथ दार, 'संगीता' पृ० 53 (भाग-5)

2 पं० माणिक बुआ ठाकुर दास, 'राग-दर्शन', भाग एक, पृ० 1

अतः 'पटदीप' राग एक प्रचलित रागों में से एक है। इस राग की आज अपनी एक अलग पहचान है तथा अपना ही स्वरूप है। इस राग में बड़ा ख्याल, तराना, गीत व गजल इत्यादि गाई बजाई जाती है। इस राग का आधुनिक प्रचलित स्वरूप इस तरह है।

थाट, काफी, जाति औड़व-सम्पूर्ण, स्वर-आरोह में रिषभ, धैवत वर्ज्य था अवरोह में सातों स्वर प्रयोग होते है। इस में गंधार स्वर कोमल व अन्य स्वर शुद्ध है। इसका गायन समय दिन का चौथा पहर है स प नि इसके न्यास के स्वर है। इसका सम प्राकृतिक राग भीमपलासी है। पटदीप राग कुछ महत्वपूर्ण सवर संगतियां ग म प नि, ध नि सां नि ध प, म प नि, ध नि सां, नि ध, प ग म प ग, प ग।

2.6 राग पटदीप की स्वरलिपि

राग-पटदीप

बड़ा ख्याल- एक ताल-विलम्बित

बंदिश

स्थायी-

ऐरी मोहै जाने दे री माँ,

श्याम सुन्दरवा के सँगवा।

अन्तरा-

लोक लाज न लागहुँ मोका,

जाय रहूँ मैं उनके संगवा।[1]

1 पं० जगदीश नारायण पाठक, 'राग-दर्पण', भाग-2, पृ० 79

स्थायी

गम	पऽनिसां	ध	मध	प	प	ग	मग	रे	सा	निसागरे	निसा
ऐऽ	रीऽऽऽ	ऽ	मोऽ	है	ऽ	जा	नेऽ	दे	री	माँऽऽऽ	ऽऽ
निऽ	निसाऽनि	ध	धप	सा	रेसा	ग	रेसा	निसागम	प	गग	रेसा
श्याऽ	ऽऽऽऽ	म	ऽऽ	सुं	ऽऽ	द	रवा	केऽऽऽ	ऽ	संग	वाऽ
3		4		x		0		2		0	

अन्तरा

गम	पनि	सां	निरें	सां	सां	पनि	सांग	रें	सां	निध	मधपऽ
लोऽ	कला	ऽ	ऽज	ना	ऽ	लाऽ	ऽऽ	ग	हूँ	मोऽ	काऽऽऽ
ग	मग	रेरे	सा	निसा	गम	पनि	सांसां	पनिसांगं	रेंसां	निध	प
ज	पर	हूँऽ	मैं	उऽ	नऽ	हीऽ	केऽ	घऽऽऽ	रऽ	वाऽ	ऽ
3		4		x		0		2		0	

राग-पटदीप
छोटा ख्याल-झपताल
बंदिश

स्थायी-

मधुर प्रभु प्रेम रस, मधुप मन चाख रे

सरस सुर सो सदा, गासु गुण ईश के।

अन्तरा-

प्रभु चरण कमल है, अमित रस से भरे

केतकी कुसुम सम, भोग रब संसार के।।[1]

---

1 पं० जगदीश नारायण पाठक, 'राग-दर्पण', भाग-2, पृ० 81

स्थाई

नि	ध	प	ग	सा	ग	म	ग	रे	सा
म	धु	र	प्र	भु	प्रे	ऽ	म	र	स
रे	ऩि	सा	म	ग	प	म	प	ध	प
म	धु	प	म	न	चा	ऽ	ख	रे	ऽ
ग	म	प	नि	नि	सां	नि	ध	प	म
स	र	स	सु	र	सो	ऽ	स	दा	ऽ
ग	म	प	नि	ध	म	प	ग	रे	सा
गा	ऽ	सु	गु	ण	ई	ऽ	रा	के	ऽ
x		2			0		3		

अन्तरा[1]

प	प	ग	म	प	नि	नि	प	नि	सां
प्र	भु	च	र	ण	क	म	ल	है,	ऽ
नि	सां	गं	रें	सां	नि	ध	म	ध	प
अ	नि	त	र	स	से	ऽ	भ	र	ऽ
प	प	म	ध	प	ग	ग	रे	ऩि	सां
के	ऽ	त	की	ऽ	क	सु	म	स	म
नि	सा	ग	म	प	ग	म	प	नि	सां
भो	ऽ	ग	स	व	सं	सा	र	के	ऽ
x		2			0		3		

1 पं० जगदीश नारायण पाठक, 'राग-दर्पण', भाग-2, पृ० 82

राग पटदीप
छोटा ख्याल (तीन ताल द्रुत लय)
बंदिश

स्थायी-

पिया नाहिं आये आये मोहे

उन बिन जियरा मोरा तरसे।

अन्तरा-

जब से गये पिया देस विदेसवा

कलना परत है बिना साजन के।।[1]

---

1 वही, पृ० 82

स्थायी

ध	प	ग	ऽ	म	प	ऽ	नि	ऽ	पनि	सांनि	धप	मप	ग	ग	प
पि	पा	ना	ऽ	हि	आ	ऽ	पे	ऽ	आऽ	ऽऽ	ऽये	ऽऽ	मो	ऽ	है
ग	ग	रे	ऽ	नि़	सा	ऽ	सा	सा	निसा	गम	पानि	सांनि	ध	म	प
उ	न	पि	ऽ	न	गि	प	रा	ऽ	मोऽ	ऽऽ	राऽ	ऽऽ	त	र	से
	3				x				2				0		

अन्तरा

ग	म	प	ऽ	नि	सां	ऽ	सां	सां	पनि	सांगं	रेंरें	सांसां	नि	ध	प
ज	व	से	ऽ	ग	ये	ऽ	पि	या	देऽ	ऽऽ	सऽ	निऽ	दे	स	वा
नि	नि	नि	ऽ	सां	ध	ध	म	प	पनि	सांनि	धप	मप	ग	रे	खा
क	ल	ना	ऽ	प	र	त	है	ऽ	विऽ	नाऽ	ऽऽ	ऽस	ज	न	के
	3				x				2				0		

पटदीप
ध्रुपद (चारताल)

स्थायी-

है सखी श्याम सुन्दर, नटवर भेष धरे

लटक मटक चटक चमक, झमकि झमकि आवे।[1]

अन्तरा-

थिरक थिरक करत नृत्य, मुख पे मुस्कान धरे

ठौर ठौर ठिठक, ढीठ लगर लागे।

1 पं० जगदीश नारायण पाठक, 'राग दर्पण', भाग 2, पृ० 83

स्थायी

नि	नि	सां	ध	ध	प	ग̲	ग̲	म	ग̲	रे	सा
है	S	S	-	S	खी	श्या	S	म	सु	न्द	र
ग̲	म	प	नि	ध	प	ग̲	म	प	ग̲	रे	सा
न	ट	S	व	S	र	भे	S	ष	थ	S	रे
नि़	नि़	सा	म	म	प	ग̲	म	प	नि	सां	सां
ल	ट	क	म	ट	क	घ	ट	क	च	म	क
गं̲	गं̲	रें	नि	रें	सां	नि	ध	ध	नि	सां	सां
झ	म	कि	झ	म	कि	आ	S	S	S	वे	S
x		0		2		0		3		4	

अन्तारा

प	प	ग̲	म	प	प	नि	नि	प	नि	सां	सां
थि	र	क	पि	र	क	क	र	त	नृ	S	त्य
प	नि	सां	गं̲	गं̲	रें	नि	नि	रें	नि	रें	सां
मु	ख	S	पे	S	मु	स्का	S	न	ध	रे	S
गं̲	गं̲	रें	सां	रें	सां	नि	ध	प	म	ध	प
णे	S	र	धो	S	2	ठि	ठ	क	ठि	ठ	क
ग̲	म	प	नि	ध	प	ग̲	फ	प	नि	सां	सां
ढी	S	ठ	ल	ग	र	आ	S	S	S	वे	S
x		0		2		0		3		4	

अध्याय-३

राग विहाग, मारु विहाग, व हंसकिकंणी का सांगीतिक विवरण

3.1 राग विहाग की ऐतिहासिक पृष्ठभूमि व सामान्य परिचय

गनि संवाद बनायकर, चढ़ते रिध को त्याग

रात्रि दूसरे पहर में, गावत राग विहाग।।[1]

"प्राचीन ग्रन्थों में 'विहाग'" नाम का राग नहीं मिलता है। प्राचीन ग्रन्थों में विहागरा या विागड़ा, तथा बिंहगड आदि नाम मिलते है। आजकल राग विहाग के अतिरिक्त प्रचार में विहाग राग का एक प्रकार 'बिहागड़ा' राग भी है। जिसका स्वरुप राग बिहाग से अलग है। राग विहाग को प्रथकारों ने किस प्रकार वर्णन किया है। इसका विश्लेषण इस प्रकार है। संगीत परिजात में प० अहोवल ने कहा है-

विहागड़े गनी तीव्रावारोहे तु रिवर्जित।

गांधारी दग्राहसम्पन्ने न्यासांशो रिस्वरो मतः।।

य धस्मिन्पंचमोदग्राहः स्यादारो हे गवर्जनम्।

---

1 वसंत राग कोष', पृ० 6

मूर्छना मध्यमे चापि पराहिन्त्यं सदा भवेत्।।[1]

अर्थात्- विहागड़ा में गान्धार-निषाद दोनों तीव्र होते है। (शुद्ध मेल है) और आरोही में रिषभ स्वर वर्जित होता है। अवरोह सम्पूर्ण है अतः षाड़व-सम्पूर्ण जाति होती है। गंधार स्वर वादी और धैवत संवादि बताया गया है। दूसरी तरफ पंचम स्वर को ग्रह बताकर आरोही में गंधार वर्जित और पंचम की हीनता प्रदान करके, औड़व-षाड़व जाति कहकर ग्रन्थकार ने मत्सरीकृत मूर्छना में रखा है जो हमारे आज के विहाग राग के कहीं आस-पास भी नहीं आता है।[2]

"राग विबोध" में राग विहाग का वर्णन इस प्रकार है-

हमीर उज्जवलसमपधतीव्रतररिमृदुम मृदसकाः।

हमीर बिहग गड केदार प्रमुखा अतो मेलात्।

न्यंश ग्रहसन्यासोऽल्पधो लसेन्निशि बिंहगड।।

इस स्थान पर धैवत शुद्ध बताया है, अर्थात हमारा प्रचलित लगने का उल्लेख है। इस राग में कोमल धैवत का प्रयोग नहीं करते है। "नृत्यनिर्णय ग्रंथ में विहागडा केदार मेल का राग और उसे सांयकाल में गाने व बजाने का उल्लेख है। "साय केदार मेले" आदि। राग तरंगिणी में थाट केदार बताकर इसकी उत्पत्ति बताई है।[3]

'राग लक्ष्ण' ग्रंथ में इस प्रकार वर्णन है-

मेलाच्च संभवो धीरशंकरा भरणाच्चव।

---

1 पं० अहोवल, 'पारिजात' 10 183, 184 (राग विश्लेषण, उमा गर्ग, पृ० 155)

2 उमा गर्ग, 'राग विश्लेषण, पृ० 155

3 वही, पृ० 155

विहागडेति रागरच सन्यासं सांशकं ध्रुवम्

आरोहै रिघ वर्ज चाप्यक्रोहे समग्रकम।

शंकरा भरण हमारे यहाँ का विलावल थाट ही है। आरोह में रे घ वर्जित कहा गया है। प्रसिद्ध बंगला ग्रंथ 'संगीत सार' में विहाग', विहांगडा ऐसे भिन्न-भिन्न प्रकार बताए गये है, टिप्पणी में इस प्रकार कहा गया है। 'विहाग' यह राग संस्कृत शास्त्र नुमोदित नहीं है। इसकी उत्पत्ति 'विहंगडा से हुई है। विहाग में निषाद ग्रह स्वर है, गंधार वादि और रिषभ व धैवत विवादी स्वर है। तो भी आरोह में चतुरता से रे - ध स्वर लगाने का परिणाम बुरा नहीं दिखाई पड़ता।[1]

विहाग का संस्कृत नाम 'विहाग' या 'विहागरी' है। बहुत से लोग विहाग को 'विहगडा' समझ लेते है। परन्तु वास्तव में ये दोनों भिन्न-भिन्न राग है। 'विहाग' में दोनों निषादों का प्रयोग होता है। विहागड़ा में केवल शुद्ध निषाद लिया जाता है। यही विहंगडा आज का राग विहाग है तथा 'विहाग जिसमें दोनों निषादों का प्रयोग होता है। उसे आज विहागड़ा नाम से गाया जाता है।[2]

राग बिहाग के परिचय के बारे में यह कहा गया है। यह राग शुद्ध स्वरों का राग है। इसकी जाति औड़व-सम्पूर्ण है तथा विलावल थाट के राजिगेय रागों में से एक राग माना गया है। आरोह में रिषभ और धैवत वर्जित है तथा अवरोह में इनका अल्प प्रयोग होता है इस राग का वादी स्वर गंधार तथा संवादी स्वर निषाद है राग विहाग का स्वरुप स्वतन्त्र है। निषाद स्वर में कभी-कभी न्यास करने से इस राग की खुबसूरती बढ़ जाती है। इस राग में तीव्र मध्यम का प्रयोग आजकल होने लगा है। इस राग में शुद्ध मध्यम का प्रयोग अधिक होना ही उचित है।[3] श्री मल्लक्ष्यसंगीतम में राग बिहाग का वर्णन इस प्रकार है।

---

1 वि०ना० भातखण्डे संगीत शास्त्र, भाग-दो, पृ० 184

2 उमा गर्ग, 'राग विश्लेषण, पृ० 156

3 वही, पृ० 157

मेले वेलावलस्यैव पोक्तो रागः सुनामकः

विहाग इति विख्यात गाधारांशग्रहो जनै।।

अर्थात्- "विहाग नामक प्रसिद्ध राग बिलावल मेल से उत्पन्न है। इस राग में गंधार स्वर को ग्रह अंश स्वर माना गया है।"[1] 'अभिनव राग मंजयमि' ग्रंथ में इस प्रकार कहा है-

निसौ गमौ पनी सनी धपौ गमौ पगौ मगौ।

रिसाविति विहंगः स्यात्रक्तें रोहेऽरिघोऽशगः।।

भावार्थ- निसा, ग म प नि सां नि ध प ग म प ग म ग रे सा इस प्रकार हा राग होता है। इसके आरोह में 'रे' और 'घ' नहीं लगते। इसमें 'ग' वादी स्वर होता है और यह रात्रि में गाया जाता है।[2]

कोमल मध्यम तीव्र सब चढ़ते रिघको त्याग।

गनि व्रीसवादिते जानत राग विहाग।।

भावार्थ- विहाग राग में 'म' कोमल और बाकि सब तीव्र स्वर है। इसके आरोह में 'रे' और 'घ' ये स्वर नहीं लगते। इसमें 'ग' वादी और नि संवादी स्वर है। इस प्रकार राग विहाग का उल्लेख प्राचीन संगीत ग्रंथों में मिलता है।[3]

इस राग की रचना विलावल थाट से मानी गई है। आरोह में रिषभ व धैवत वर्ज्य तथा अवरोह में सातों स्वर प्रयोग किये जाते है इसलिये इसकी जाति औड़व-सम्पूर्ण है। गायन समय रात्रि का दूसरा प्रहर है। इस राग का वादी गन्धार और सम्वादी स्वर निषाद है। साधारणतः इस राग के सभी स्वर शुद्ध

---

1 श्री मल्लक्ष्यसंगीत, 'चतुरंपंडित', पृ० 249-250 (डॉ० उमा गर्ग कृत राग विश्लेषण)

2 अभिनव 'राग मंजरी', पृ० 127 (उमा गर्ग राम विश्लेशन 20158)

3 वही पृ० 155

है किन्तु अवरोह में तीव्र म का अल्प प्रयोग राग की सुन्दरता बढ़ाने के लिये किया जाता था, किन्तु आजकल तीव्र म का प्रयोग इतना अधिक होने लगा है कि विवादी स्वर के स्थान पर अनुवादी स्वर (राग में लगने वाले स्वर) का स्थान ग्रहण कर लिया है। कुछ पुरानी बंदिशे केवल शुद्ध म की मिलती है।

राग विहाग के स्वर प्रयोगों में पिछले पंचास वर्षों में तीव्र मध्यम का महत्त्व बढ़ता गया है। प० भातखण्डे ने बिहाग को विलावल थाट का राग माना है किन्तु आज का कोई विद्धान अथवा विद्यार्थी राग बिहाग के वर्तमान स्वरूप को देखकर इसे विलावल थाट का मानने से इनकार करता है। इस मत भेद का कारण राग रूप में परिवर्तन हो जाना ही मुख्य है। पं० भातखण्डे ने विहाग में तीव्र मध्यम को स्वीकार नहीं किया। क्योंकि उस समय उपलब्ध, गान की पच्यानवें प्रतिशत बन्दिशों में संकलित है। उनमें केवल दो तीन में तीव्र मध्यम का एक या दो बार प्रयोग हुआ है तथा दो तीन में एक या दो बार प्रयोग हुआ है तथा दो तीन में एक या दो बार कण रूप में तीव्र मध्यम दिखाई पड़ता है। अन्यथा सभी बन्दिशे तीव्र मध्यम रहित है।[1]

षड़ज स्वर तो राग का अर्थात् संगीत का सरवस्थ है ही षड़ज के अतिरिक्त विहाग राग में रिषभ का अवरोहात्मक प्रयोग व अल्पत्व का स्थान है। जैसे "ग म ग, रे सा अर्थात् रिषभ हमेशा षड़ज के साथ जुड़ा रहता है। 'विहाग' राग के आरोह में रे तथा ध स्वर वर्जित है। परन्तु अवरोह में इन दोनों स्वरों का प्रयोग होता है। यद्यपि अवरोह में 'रे' तथा 'ध' का प्रयोग होता है तथापि उन्हें दुर्बल रखा जाता है जैसे सां नि, ध प, म ग, म प, ग म ग, रे सा। यहां पर 'ग' और 'नि' पर ठहराव दिखाया गया है।

इस ठहराव के कारण 'रे' और 'ध' अपने आप दुर्बल हो जाते है। इस राग में कभी-कभी तीव्र मध्यम का प्रयोग राग की सुन्दरता बढ़ाने के लिए किया जाता है परन्तु तीव्र मध्यम इस राग का विवादी स्वर है इसलिए उसका प्रयोग विवादी स्वर के नाते किया जाता है। यदि तीव्र मध्यम का प्रयोग न किया जाए

---

1 डॉ० लालमणि मिश्र, 'तन्त्री नाद' पृ० 466

तो कोई हानि नहीं है। परन्तु कोई भी राग गाते बजाते समय उसको पूर्ण रूप से प्रदर्शित करने के लिए उसमें हर प्रकार की सुन्दरता दिखानी पड़ती है। इसलिए तीव्र मध्यम का प्रयोग इस राग में सुन्दरता पैदा करने के लिए विवादी स्वर के नाते कर लिया जाता है। इस राग में निषाद का प्रयोग करते समय गायक-वादक अक्सर उस पर ठहरते है। जैसे प ग, सा ऩि प़ ऩि सा, सां नि, प, नि सां नि प, ग म प, ग म ग, रे सा ऩि। निषाद पर ठहराव इस राग में आवश्यक भी होता है। राग का सम्पूर्ण स्वरूप इस प्रकार है-

सा, ग रे सा, नि सा, प़, ऩि सा, ग म ग, रे सा, नि सा, ग, म ग, प, ग म ग, नि सा, ग म प, ग, म ग, प, ग म ग, रे सा, ऩि सा ग म प, नि प म प, ग म ग सा ग, म प ग म ग, रे सा।

3.2 राग-विहाग की स्वरलिपि

राग-विहाग

बड़ा ख्याल-एक ताल विलम्बित

बंदिश

स्थायी-

कैसे सुख सेवो, नीदंरिया

श्याम मुरत चित चढी।

अन्तरा-

सोचे, सोचे संदा रंग

अकुला या विधि गाँठ परी।[1]

1 प्रो० हरिशचन्द्र श्रीवास्तव 'मधुर स्वर पिलि संग्रह' भाग-एक, पृ० 114

2 वही पृ० 115

स्थायी

ग	(रें)सासा	ऩि	साम	ग	-	सा	-	ऩि	ऩि	-	सासा
कै	ऽसे	ऽ	सुख	सो	ऽ	वे	ऽ	नी	ऽ	ऽ	दरि
ऩि	-	म	-	निसा	-	-	म	ग	मग	प	प
या	ऽ	ऽ	ऽ	रया	ऽ	ऽ	म	ऽ	मुऽ	र	त
-	प	नि	-ध	सां	सां	नि	प	प	प	गम	ग
ऽ	चि	त	ऽऽ	च	ढ़ी	ऽ	ऽ	ऽ	ऽ	ऽ	ऽ
3		4		x		0		2		0	

अन्तरा[2]

प	(नि)सां	सां	(ध)निनि	रें	सां	-	सांसां	नि	प	गम	ग
सो	च	सो	ऽचे	स	दा	ऽ	रंऽ	ग	ऽ	ऽऽ	ऽ
गम	पम	ग	सा	निसा	-	-	मग	ग	प	-	प
ओऽ	ऽक	ला	वे	या	ऽ	ऽ	विऽ	धि	ऽ	ऽ	गाँ
-	नि	-ध	सां	सां	-	नि	मऽ	प	प	गम	ग
ऽ	ठ	ऽऽ	प	री	ऽ	ऽ	ऽ	ऽ	ऽ	ऽऽ	ऽ
3		4		x		0		2		0	

विहाग
छोटा ख्याल-तीन ताल द्रुत लय
बंदिश

स्थायी-

सब सखीयां चलो प्रभु के दरसन

धन धन भाग सुफल होत नयन।

अन्तरा-

सोला सिंगार सजोवत सुलक्षन

कुसुम सुगंचित हर रंग सुवसन।[1]

---

1 डॉ० लक्ष्मी नारायण गर्ग, 'राग विशारद', पृ० 350

स्थाई

पध मप ग ग	ग सा - ऩि	प़ प़ ऩि -	सा सा ग ग
सऽ वऽ स खि	यां च ऽ लो	प्र भु के ऽ	द र श न
ग म प नि	सां नि ध प	ध प ग -	म गरे ऩि सा
ध न ध न	भा ऽ ग्य सु	फ ल हो ऽ	त नऽ य न
0	3	x	2

अन्तरा

प - प नि	नि - नि सां	सां - सां सां	सां रें नि सां
सा ऽ ला सिं	गा ऽ र स	जो ऽ व त	सु ल क्ष न
(नि)सां सां सां सां	नि - प प	प प नि ध	सां निध म प
कु सु म स	गं ऽ धि त	ह र रं ग	सु वऽ स न
ग म ग म	प प नि -	सां गं नि सां	नि नि म प
गि रि ध र	प्र भु के ऽ	च र न न	अ र प न
प नि सां रें	सां नि प प	प - म ग	म गरे ऩि सा
आ ऽ ज क	रो ऽ अ प	नो ऽ त न	म नऽ ध न
0	3	x	2

राग विहाग
छोटा ख्याल (तीन ताल-द्रुतलय)
बंदिश

स्थायी-

क्यों तुम रूठ गए मन मोहन

कौन सी चूक भई है मोसे।

अन्तरा-

विनति करत, तोरी पैयां परत हूँ

आइके दरस दिखाजा मोहन।[1]

---

1 यादवेन्द्र कुमार शर्मा, 'संगीत बोध', पृ० 13।

स्थायी

नि	सा	ग	म	प	-	नि	सां	नि	-	प	प	ग	म	ग	ग
क्यों	ऽ	तु	म	स	ऽ	ठ	ग	ए	ऽ	म	न	मो	ऽ	ह	न
नि	-	प	प	प	-	ग	म	प	-	ग	म	ग	रे	सा	-
को	ऽ	न	सी	चू	ऽ	क	भ	ई	ऽ	है	ऽ	मो	ऽ	से	ऽ
0				3				x				2			

अन्तरा

ग	म	ग	म	प	प	नि	नि	सां	-	सां	सां	सां	रें	सां	-
वि	न	ति	क	र	त	तो	री	पै	ऽ	या	प	र	त	हूँ	ऽ
प	नि	सां	रें	सां	नि	प	प	प	-	ग	म	ग	रे	सा	सा
आ	ऽ	इ	के	प	र	रा	दि	खा	ऽ	जा	ऽ	मो	ऽ	ह	न
0				3				x				2			

बिहाग
ध्रुपद-चार ताल

स्थायी-

आते होंगे आली प्यारे

भूख न लागत न्यारे

वेग उठ धाओ प्यारे

हिपरा हुल सात है।

अन्तरा-

फूलन की सेज करो,

सखी सबका मन जो

फूलन के फरश करो

हम रे मन भावत है।[1]

---

1 डॉ० लक्ष्मी नारायण गर्ग, 'राग विशारद' भाग-दो, पृ० 361

स्थायी

नि	-	प	ग	-	म	प	ग	म	ग	-	सा
आ	ऽ	ते	हों	ऽ	गे	आ	ऽ	ली	प्या	ऽ	रे
ऩि	-	प़	ऩि	सा	-	सा	सा	म	(रे)ग	-	सा
भू	ऽ	ख	न	ला	ऽ	ग	त	ऽ	न्या	ऽ	रे
नि	सा	सा	ग	-	म	प	-	नि	नि	सां	सां
वे	ऽ	ग	उ	ऽ	ठ	धा	ऽ	ओ	प्या	ऽ	रे
सां	नि	प	-	ग	म	प	ग	म	ग	-	सा
हि	य	रा	ऽ	हु	ल	सा	ऽ	त	है	ऽ	ऽ
x		0		2		0		3		4	

अन्तरा

ग	-	म	प	नि	ऩि	सां	-	सां	सां	सां	-
फू	ऽ	ल	न	ऽ	कि	से	ऽ	ज	क	रो	ऽ
सां	सां	-	नि	-	प	प	-	सां	सां	नि	प
स	रवी	ऽ	स		व	का	ऽ	म	त	जो	ऽ
प	-	गम	ग	-	सा	ग	म	प	नि	सां	-
फू	ऽ	ऽल	न	डे	के	फ	र	श	क	रो	ऽ
सां	गं	नि	-	प	गम	प	ग	म	ग	-	सा
ह	म	रे	ऽ	म	नऽ	भा	व	त	है	ऽ	ऽ
x		0		2		0		3		4	

विहाग

ठुमरी - तीन ताल

स्थायी-

देखो सखी, कन्हैया रोके ठाडो गैल,

पनियां भरन कैसे जाऊँ मोरी आली।

अन्तरा-

मैं जमुना जल भरन जात थी,

बीच में मिल गयो नन्द कौ छेल।[1]

स्थायी

प़	नि	सा	ग	-	सा	ग	मग	प	पम	ग	म	ग-	ग	रे	सा
दे	खो	स	खी	ऽ	क	न्है	याऽ	रो	केऽ	ठा	गे	हैऽ	गै	ऽ	ल
सा	म	ग	म	प	प	सा	निध	प	-	ग	म	ग	-रे	सा	नि़
प	नि	यां	भ	र	न	कै	सेऽ	जा	ऽ	ऊं	मो	री	ऽऽ	आ	ली
0				3				x				2			

अन्तरा

गम	-	ग	म	प	-	नि	नि	सां	सां	सां	सां	-	रे	सां	-
मैंऽ	ऽ	ज	मु	ना	ऽ	ज	ल	भ	र	न	जा	ऽ	त	थी	ऽ
सांगं	-	गं	मं	गं	गरिं	सा	सां	प	-	म	पप	गम	ग	रे	सानि़
बीऽ	ऽ	च	में	मिं	लऽ	ग	ये	नं	ऽ	द	कोऽ	ऽऽ	छे	ऽ	लऽ
0				3				x				2			

1 गगांधर तैलग, 'ठुमरी संग्रह' पृ० 147

3.3 राग मारू विहाग की पृष्ठभूमि व सामान्य परिचय

राग मारू बिहाग

मध्यम तीव्र सुरलियों, चढ़ते रिध को त्याग

गनि वादि संवादी सो, गावत मारू बिहाग।[1]

राग 'मारू बिहाग' 'बिहाग' अंग का एक राग है। यह एक आधुनिक प्रचलित रागों में से एक राग है। इस राग का उल्लेख किसी भी प्राचीन ग्रन्थों में नही मिलता है इससे यह पता चलता है कि राग मारू बिहाग एक आधुनिक समय में निर्मित हुआ राग है।[2]

प्राचीन ग्रन्थों में केवल "मारू" राग का उल्लेख मिलता है। किन्तु आधुनिक समय में लगभग यह राग लुप्त हो चुका है। क्योंकि आधुनिक समय में राग मारू का कोई उल्लेख अथवा स्वरूप नहीं मिलता है। कुछ विद्धानों का मानना है कि राग मारू बिहाग' दो रागों के मिश्रण से बना है अर्थात् 'मारू विहाग' एक नव निर्मित राग है जो राग 'मारू' तथा राग 'विहाग' के मिश्रण से बना है। इन दो रागों को जोड़ने वाला स्वर है। पंचम।[3]

कुछ संगीत विद्धानों का ऐसा मत है की वास्तविकता ऐसी नहीं है। क्योंकि आधुनिक युग में 'मारू' नाम का कोई राग नहीं मिलता है। हां प्राचीन ग्रन्थों में 'मारू' नाम का उल्लेख मिलता है। परन्तु उसका राग 'मारू' विहाग से कोई सम्बन्ध नहीं है। मारू बिहाग राग कल्याण थाट से उत्पन्न होने वाला यह विहाग अंग का एक राग है।[4]

---

1 बसन्त कृत, 'राग कोष', पृ० 7

2 पं० राम कृष्ण व्यास, 'राग प्रवीण', भाग-1, पृ० 147

3 प० माणिक बुआ ठाकुरदास, 'राग दर्शन', भाग-1, पृ० 151

4 पं० गणेश शर्मा कृत, 'राग प्रवीण' पृ० 55, 56

आधुनिक समय में राग मारू का उल्लेख गुरुमत संगीत में मिलता है। सिखों के धार्मिक ग्रंथ श्री गुरु ग्रन्थ साहिब जी में कई 'गुरुवाणी शब्द राग 'मारू' में अंकित है 'गुरुमत संगीत में राग 'मारू' का जो स्वरूप दिया गया है। वह इस प्रकार है-

थाट- पूर्वी

जाति- सम्पूर्ण-सम्पूर्ण

वादी- रिषभ

संवादी- धैवत

स्वर- इस राग में रिषभ, धैवत, कोमल तथा मध्यम तीव्र बताया गया है। आरोह तथा अवरोह में सातों स्वरों का प्रयोग होता है इसका गायन समय दिन का चौथा पहर है। राग 'मारू' के आरोह तथा अवरोह इस प्रकार है।

आरोह- सा रे ग म प ध नि सां

अवरोह- सां नि ध प म ग रे सा

हिन्दुस्तानी शास्त्रीय संगीत में आधुनिक समय में राग मारू का कम ही उल्लेख मिलता है। आधुनिक समय में 'मारू' विहाग ही प्रचार में है।[1]

ऐसी मान्यता है कि राग मारू बिहाग का निर्माण स्वर्गीय खां साहब अल्लादिया खां ने किया। इसमें दोनों मध्यम तथा अन्य स्वर शुद्ध लगते है। इसके अतिरिक्त शुद्ध मध्यम की अपेक्षा तीव्र मध्यम की प्रबलता कल्याण थाट की और इंगित करती है। अतः 'मारू बिहाग' राग की उत्पति कल्याण थाट से उचित तथा सर्व मान्य है।[2]

'मास विहाग' की जाति औड़व सम्पूर्ण है क्योंकि आरोह में रिषभ और धैवत स्वर वर्जित किये जाते है तथा अवरोह में सातों स्वरों का प्रयोग होता है। इस राग का स्वरूप इस प्रकार है म, म प, नि^{ध} प ध, म प $^{\text{रे}}$ग, सा, रे, ऩि ^{प}म म ग म ग रे सा

---

1 हेड ग्रन्थी श्री गुरुद्वारा साहित्य शिमला द्वारा प्राप्त जानकारी

2 डॉ० लक्ष्मी नारायण गर्ग, 'राग विशारद' भाग-दो, पृ० 481

विहाग में शुद्ध मध्यम के स्थान पर तीव्र मध्यम रख कर इस राग की रचना की गई है। इससे इसे भिन्न स्वरूप मिल जाता है। बीच-बीच में शुद्ध मध्यम का प्रयोग राग की रंजकता और वैचित्र्या बढ़ाता है।[1] जहां तक इस राग के स्वरूप का सम्बन्ध है इसका स्वरूप अत्यन्त ही कर्ण प्रिय और मधुर प्रिय है। इस राग में कल्याण और विहाग का बड़ा ही सुन्दर मिश्रण है। इसमें एक ही आलाप के अन्तर्गत बारी-बारी से छोटे-छोटे टुकड़े कल्याण और विहाग के आते रहते है जैसे 'नि, सा, ग, 'विहाग' मप मध (कल्याण) प नि सा' (विहाग) 'सां रें नि सा' कल्याण। इस राग में जब उपर से कण लेतेहुए लोटते है तो राग का स्वरूप बहुत ही सुन्दर लगता है जैसे पथ मप ग रे सा इस राग में शुद्ध मध्यम का प्रयोग एक विशेष प्रकार से किया जाता है। जिससे इस राग में निखर आ जाता है। जैसे साम, मग, मगरेसा। इस स्तर समुदाय को रागांग वाचक भी कह सकते है। यह एक सर्किण राग है इसमें कई रागों की छाया आती है। इस प्रकार इसको गाने का एक विधान है कि जब मारू बिहाग गाते समय कल्याण अंग अधिक झलकता है तो विहाग आगे लाते है और जब विहाग अधिक झलकता है तो कल्याण अंग आगे लाते है।

इस राग में वादी स्वर गंधार व संवादी स्वर निषाद कुछ लोग पंचम स्वर को वादी और षड़ज को संवादी मानते है क्योंकि इस राग का निखार पंचम पर विशेष रूप से होता है और पंचम इस राग में अन्य रागों की अपेक्षा सबसे अधिक न्यास का स्वर भी है। इस तर्क के अनुसार यह एक उत्तरांग वादी स्वर हुआ किन्तु यहां एक बात का ध्यान रखना चाहिए की यद्यपि यह राग पंचम स्वर पर खुब खिलता है। फिर भी इस राग का विस्तार मंद्र और मध्य सप्तक के पूर्वांग में खुब होता है। इस नाते यह एक पूर्वांग प्रधान राग है और पूर्वांग में पंचम के बाद गंधार ही सबसे महत्वपूर्ण स्तर है। अतः गन्धार का वादित्व उचित तथा तर्क युक्त है। अब जहां तक संवादी का प्रश्न है उत्तरांग में वादी स्वर के साथ षड़ज मध्यम तथा षड़ज पंचम भाव से धैवत और निषाद दो स्वर वादी

---

1 डॉ० लक्ष्मी नारायण गर्ग, 'राग विशारद' भाग-दो, पृ० 481

मानने के लिए हो सकते है। किन्तु उत्तरांग में धैवत की अपेक्षा निषाद अधिक महत्व तथा न्यास का स्वर है। अतः षड़ज पंचम भावों से निषाद को संवादी मानना अधिक उपयुक्त है।[1]

'मारू' विहाग का गायन समय रात्रि में बारह बजे से पहले है। क्योंकि यह पूर्वांग प्रधान राग है तथा पूर्वांग वादी राग है। इसके अतिरिक्त रे ध शुद्ध वर्ग का होने के नाते शास्त्रीय नियम अनुसार भी इसका गायन समय रात्रि का द्वितीय पहर उचित तथा सर्वमान्य 'मारू बिहाग' के सम्प्राकृतिक राग कल्याण और विहाग है इस राग में इन्हीं दो रागों का मिश्रण है।

मारू बिहाग राग में घरानेदार बंदिशों के नाम पर बड़े ख्याल की केवल एक ही बंदिश मिलती है। वह बंदिश है। "रसिया हो न जा।" इस बंदिश को हमारे भारत में भी सभी गाते है।[2] मारू बिहाग में तीव्र माध्यम आरोह-अवरोह में सरल रूप में और शुद्ध मध्यम बीच-बीच में पंचम या गन्धार के कण के साथ थोड़े से आन्दोलित रूप में सा म ऽ^{प} ऽ^{प} ग- इस तरह लिया जाता है। मध्य निषाद पर बार-बार न्यास किया जाता है जिससे इसकी शोभा बढ़ती है। पंचम भी इस राग का महत्वपूर्ण स्वर है। अन्तरे का उठाव खास कर कल्याण थाट के दोनों मध्यम वाले और रागों की तरह 'पप सां', 'सां रे सों'- इस तरह किया जाता है। 'सा म ऽ^{प} ऽ^{प} ग', 'म ग रे सा ऩि', 'सां ग सा ग म प में प' और 'मे, ग" ३" सारे, नि" स्वर-समुदाय बार-बार लिए जाते है जिससे राग का स्वरूप तुरन्त मालूम हो जाता है।

1 पं० गणेश प्रसाद शर्मा, 'राग प्रवीण, पृ० 56

2 वही, पृ० 57

3.4 राग मारु बिहाग की स्वरलिपि

मारु विहाग

वड़ा ख्याल–एक ताल विलम्बित

बंदिश

स्थायी–

रसीया आव न, नंही जावो

वाहू के देसवा

अन्तरा–

मन चिन्ता भई, बावरी सी,

कर जीगन के भेसवा।[1]

स्थायी

	ऩि सा म ग ऩि सा ग मं
	र सी या ऽ आ वो ऽ ऽ
3	4
प - - - प मं ग रे सा नि सा	मं प ध मं प मं ग रे सा
न ऽ ऽ ऽ ऽ ऽ ऽ ऽ ऽ ऽ ऽ	ऽ ऽ न ऽ ही जा ऽ ऽ ऽ
x	0
सा - - - सा नि सा म ग	ग मं ध नि ध प मं - प -
वो ऽ ऽ ऽ वा ऽ हू ऽ ऽ	के ऽ ऽ ऽ ऽ ऽ दे ऽ ऽ ऽ
2	0
ग मं ध मं प ग प मं ग रे	ग रे सा
ऽ ऽ स ऽ ऽ ऽ ऽ ऽ वा रे	ऽ ऽ ऽ ऽ
3	4

---

1 प्रो० चमन लाल वर्मा जी से प्राप्त बंदिश

अन्तरा

		ग मं ध नि सां नि रें -	
		म न ऽ ऽ नि न्ता भ ऽ	
3		4	
सां - - -	मं प नि सां गं रें	सां - - -	नि ध - प
ई ऽ ऽ ऽ	बा ऽ ऽ ऽ ऽ व	री ऽ ऽ ऽ	सी ऽ ऽ ऽ
x		0	
सां नि सा म ग	ग मं नि ध प	प मं ग मं	ग मं ध़ नि ध मं
क ऽ ऽ र ऽ	जो ग ऽ न ऽ	के ऽ ऽ ऽ	भे ऽ ऽ ऽ ऽ ऽ
2		0	
मं प ध मं प	ग मं मं ग रे	सा	
स ऽ ऽ ऽ ऽ	ऽ ऽ वा ऽ ऽ	ऽ ऽ ऽ ऽ	
3		4	

मारू विहाग
छोटा ख्याल– तीन ताल– द्रुत
बंदिश

स्थायी–

नैना बसी छवी तोरी प्यारी

रसना रटे गिरधारी मुरारी।

अन्तरा–

जब से गए मोरी सुधहू न लिनी

बितत नाही घड़ी।[1]

1 प्रो० चमन लाल वर्मा जी से प्राप्त बंदिश

स्थायी

		नि	सा गर्म प मे
		न	ऽ नाऽ ऽ व
प - - धप	मेंग में ध पर्म	ग रे सा सा	ऩि प़ - साम
सी ऽ ऽ छऽ	वीऽ तो ऽ रीऽ	प्या ऽ री र	स नी ऽ रऽ
ग - ग मे	प नि सां नि	धप गर्म रे सा	
टे ऽ गि री	धा री ऽ ग	राऽ ऽऽ री ऽ	
x	2	0	3

अन्तरा

		ग	में प नि नि
		ज	ब से ऽ ग
सां - सां सां	सां गं गं में	गं रें सां ग	में प - सां
प ऽ मो री	सु ध हूं न	ली ऽ नी वि	ऽ त ऽ त
नि - धप मेंर्म	गर्म पनि सानि धप	धप मेंग रे सा	
ना ऽ हीऽ धऽ	रीऽ ऽऽ ऽऽ ऽऽ	ऽऽ ऽऽ ऽ ऽ	
x	2	0	3

मारु विहाग
छोटा ख्याल - तीनताल- द्रुत लय
बंदिश

स्थायी-

मन बावरा काहे हीत अधीर

धी इतनी बात समझाई बार-बार

फिर क्यों होत अधीर हो धीर, म

अन्तरा-

रजनी धीते बिन दिन होत ना

समय आये बिन काज सरत ना

इतनी बात समझाई बार-बार।[1]

1 डॉ० लक्ष्मी नारायण गर्ग, 'राग विशारद' भाग-2, पृ० 485

स्थायी

															ग
															म॑
सा	गम॑	प	म॑	प	-	ग	म॑	प	नि	ध	प	म॑ध	पम॑	ग	म॑
न	बाऽ	ऽ	य	रा	ऽ	का	है	हो	ऽ	त	अ	धीऽ	ऽऽ	र	धी
ऩि	ऩि	ऩि	सा	- सा	ग		सा	गम॑	प	म॑	गम॑	पनि	ध	प	प
इ	त	नी	वा	ऽ	म	स	म	झाऽ	ऽ	ई	वाऽ	ऽऽ	र	वा	र
नि	सा	सा	ग	ग	म	म॑	प	गम	पनि	ध	प	म॑ध	पम	ग	ग
फि	र	क्यों	ऽ	हो	ऽ	त	अ	धीऽ	ऽऽ	र	हो	धीऽ	ऽऽ	र,	म
3				x				2				0			

अन्तरा

प	सां	-	सां	सां	-	सां	सां	सां	-	सां	निसां	रें	सां	नि	-
ज	नी	ऽ	वी	ते	ऽ	वि	न	दि	ऽ	न	होऽ	ऽ	त	ना	ऽ
नि	नि सां		नि	-	ध	म॑	प	म	-	ग	म॑	ग	रे	सा	-
स	म	य	आ	ऽ	य	वि	न	का	ऽ	ज	स	र	त	ना	ऽ
ऩि	ऩि	ऩि	सा	-	सा	ग	सा	गम॑	प	म॑	गम	पनि	ध	प	प
इ	त	नी	वा	ऽ	त	स	म	झाऽ	ऽ	ई	वाऽ	ऽऽ	र	वा	र
3				x				2				0			

मारु विहाग
ध्रुपद- चोताल
बंदिश

स्थायी-

गुरु दयाल आयो शरण।

बार-बार परत दास।

तुमरे शुभ कमल चरण।

अन्तरा-

दीजे स्वर ज्ञान पूर्ण।

साथ कर सुर कण्ठ वरन।

तुमको 'चतुर' करुं सुमिरन।[1]

---

1 जे० दे० पत्की, 'अप्रकाशित राग' भाग-1, पृ० 10, 11

स्थायी

x		0		2		0		3		4	
प़	नि़	सा	म	-	ग	गमं	पमं	ग	गमं	रे[ग]	सा[र]
गु	रू	द	या	ऽ	ल	आऽ	ऽऽ	यो	शऽ	र	ण
नि़	-	सा	रे[ग]	-	रे	सा	रे	सा	सा	ग	ग
वा	ऽ	र	वा	ऽ	र	प	र	त	दा	ऽ	स
सा	ग	साग	मंप	गमं	प	मंप	निध	पमं	गरे	मंग	रेसा
तु	म	रेऽ	ऽऽ	राऽ	भ	कऽ	मऽ	लऽ	चऽ	रऽ	णऽ
x		0		2		0		3		4	

अन्तरा[1]

x		0		2		0		3		4	
प	-	सां	-	सां	सां	सां	-	रें	सां	-	सां
दी	ऽ	जे	ऽ	स्व	र	ज्ञा	ऽ	न	पू	ऽ	र्ण
सां	गं	ग	मंगं	रें	सां	रें	रें	रें	गरें	सां	निसां
सु	ध	क	रऽ	सु	र	कं	ऽ	ठ	ऽब	र	नऽ
नि	रें	नि	ध	प	मं	गमं	पमं	ग	मंग	रे	सा
तु	म	रो	च	तु	र	कऽ	रूंऽ	सु	मिऽ	र	न
x		0		2		0		3		4	

1

1 जे० दे० पत्की, 'अप्रकाशित राग' भाग-1, पृ० 10, 11

3.5 राग हंस किंकणी की पृष्ठभूमि व सामान्य परिचय

राग हंस किंकणी (हंस किंकणी)

चढ़त रिखव धैवत नहीं, दोउ गंधार दिखाय

तीवर रिध, कोमल गमनि, हंस किंकणी गाय।[1]

हंस किंकणी राग एक अप्रचलित रागों में से एक राग है। इस राग का प्रचलन हिन्दुस्तानी शास्त्रीय संगीत में कम ही होता है। प्राचीन संस्कृत ग्रन्थों में इसका कोई उल्लेख नहीं मिलता है। 'हंस किंकणी' को 'हंस कंकणी भी कहा जाता है। हंस किंकणी का शाब्दिक अर्थ होता है। "पैरों में पहनने के छोटे घुघुरु।"[2]

'हंसकिंकणी' राग का उल्लेख हमें जयपुर के प्रताप सिंह द्वारा रचित संगीत ग्रंथ 'संगीतसार' में मिलता है। परन्तु यह राग आजकल के राग से थोड़ा भिन्न है। क्योकि "संगीतसार" में प्रताप सिंह जी ने "हंसकिंकणी' राग भैरव थाट का बताया है। आधुनिक राग जबकि काफी थाट से गाते है। यह राग लगभग पिछले सौ वर्षों से प्रचलन में है। प्रताप सिंह जी ने अपने ग्रंथ के अंत में जो राग बताएं है। जैसे झीझोटी, पीलू, हिजेज, भटियार, काफी, परदीपकी, सिन्दुरा इत्यादि। इन रागों के साथ उन्होंने 'हंसकिकणी' का नाम भी बताया है।[3]

पं० अहोवल कृत संगीत ग्रंथ "संगीत परिजात" में 'कंकणी' राग बताया है। उन्होंने इस ग्रंथ में 'हंस नाम का एक राग भी बताया है।

"कंकण" राग अहोवल ने इस प्रकार कहा है-

---

1 डॉ० लक्ष्मी नारायण गर्ग, 'राग चंद्रिकासार', राग विशारद भाग-दो, पृ० 886

2 पं० विषणु नारायण भातखण्डे, भातखण्डे संगीत शास्त्र भाग चार, पृ० 131

3 वि०ना०भातखण्डे भातखण्डे संगीत शास्त्र भाग चार, पृ० 131

शंकरा भरणे मेले रागः कंकण संज्ञकः

पहीनो गादिराख्यातो बहुमध्यम संगतः।।

तथा राग हंस का वर्णन इस प्रकार किया है-

गनिभ्यां वर्जिते हंसो रि ध कोमल

"संगीत परिजात" में 'हंस' और 'कंकण' इन दोनों रागों का वर्णन किया है। इन दोनों रागों के आरोह तथा अवरोह इस प्रकार बताएं है।

'हंस' राग का आरोह तथा अवरोह-

आरोह- सा रे म प ध सां

अवरोह- सां ध प म रे सा

'कंकण' राग का आरोह तथा अवरोह-

आरोह- सा ग म ध नि सां

अवरोह- सां नि ध म, ग रे सा

इस प्रकार 'हंस कंकणी' राग का उल्लेख कुछ प्राचीन संगीत ग्रंथों में मिलता है।[1]

"हंसकिंकणी" राग लगभग सौ वर्षों पुराना माना जाता है। आजकल यह एक प्रचलित राग है। 'हंसकंकणी' नाम सुनते ही ऐसा अभास होता है कि हंसकंकणी राग हंस और कंकण के मिश्रण से बना है। किन्तु ऐसा नहीं है। क्योंकि इस राग में इन दो रागों 'हंस और कंकण की छाया तक 'हंस ककणी' राग में नहीं आती है।[2]

प्राचीन 'हंसककणी' राग प्राचीन संगीत ग्रंथकारों ने भैरव थाट का माना है। परन्तु आजकल जो 'हंसकेकणी' राग गाते व बजाते है उसे काफी थाट के अंतरगत माना गया है। इस विषय में सभी विद्वान एक मत है। काफी थाट का

---

1 वि०ना० भातखण्डे भातखण्डे संगीत शास्त्र भाग चार, पृ० 134

2 पं० गणेश प्रसाद शर्मा, 'राग प्रवीण', पृ० 75

राग होने के कारण इस राग में दोनों गंधार और निषाद का प्रयोग होता है। इसके आरोह में सदैव शुद्ध गंधार का प्रयोग करते है। आरोह में ही कभी-कभी शुद्ध निषाद का प्रयोग करते है। वैसे काफी थाट के अधिकतर रागों में साधारणतः स्वर संगति के नियम के कारण शुद्ध निषाद का प्रयोग कभी-कभी करते है। इस राग की जाति औड़व-संपूर्ण मानी जाती है। इसके आरोह में रिषभ तथा धैवत स्वर वर्जित किये जाते है तथा अवरोह में सातों स्वरों का प्रयोग किया जाता है। इस राग की जाति औड़व-सम्पूर्ण ही सर्वमान्य है। राग 'हंस किंकणी' का स्वरूप इस प्रकार है। सा, नि सा, ग म, प ग ऽ, रे सा। ग प, नि सा, नि ध प, म प ग, म प ग ऽ, रे सा। ग, रे सा, ग म प, ग ऽ रे सा, ऩि सा ग।[1]

यह एक धनाश्री अंग का राग है। इसमें दोनों गन्धारों का प्रयोग बड़ा ही कर्ण प्रिय तथा राग में सुन्दर वैचित्र उत्पन्न करता है। जैसे "नि सा ग, म ग ऽ रे सा।" इसमें शुद्ध गंन्धार का एक महत्वपूर्ण स्थान है। क्योंकि शुद्ध गन्धार को लगाते ही इसमें धनाश्री राग की छाया दूर हो जाती है। इसके अतिरिक्त कुछ लोग तो इस राग का प्रारम्भ ही शुद्ध गन्धार से करते है। इस राग में आलाप का उठाव अधिकतर मंद्र सप्तक के कोमल निषाद से करते है। जैसे "नि सा ग, म प, ग म ग ऽ रे सा।" इस राग में पंचम और गन्धार की संगति अत्यन्त रोचक एवं मधुर लगती है। परन्तु जब कभी हम यह स्वर संगति लेते है तो कभी-कभी 'पीलु' राग का आभास होता है। जैसे ग म प ग। साथ ही जब हम इस स्वर संगति को लेने के बार तुरन्त रिषभ से षड़ज पर आते है तो 'पीलु' राग पृथक हो जाता है। क्योंकि 'पीलु' राग में सदैव कोमल गन्धार के बाद थोड़ा सा रिषभ लेते हुए निषाद पर पहल का कण देकर षड़ज से मिलते है। जैसे "प ग रे सा" (हंस किंकणी) ग म प, रे नि^सा, सा" (पीलु)। 'हंसकिकणी' राग के अवरोह में अधिकतर 'प ग रे सा' लेते हुए आलाप समाप्त

1 पं० गणेश प्रसाद शर्मा, 'राग प्रवीण', पृ० 75

करते है। इससे काफी राग की छाया दूर रहती है। इसके उत्तरांग में आरोह लेते समय धैवत वर्जय होने से 'खमाज' राग की छाया दूर हो जाती है।

इस राग का वादी स्वर पंचम और संवादी स्वर षड़ज है क्योंकि यह एक उत्तरांग प्रधान राग है। इसलिए इसका वादी उत्तरांग में माना गया है। उत्तरांग में पंचम ही सबसे अधिक महत्वपूर्ण तथा विश्रांति का स्वर है। अब जहां तक संवादी स्वर का प्रश्न हे पूर्वांग में षड़ज, शुद्ध गन्धार और मध्यम महत्व के तथा न्यास के स्वर है। किन्तु शुद्ध गन्धार और मध्यम को पंचम के साथ षड़ज मध्यम या षड़ज पंचम भाव न मिलने के कारण संवादी नहीं मान सकते अतः षड़ज को ही संवादी मानना उचित है। इसमें वादी-संवादी विषयक यह मत सर्व मान्य है।

क्योंकि यह राग उत्रांगवादी राग है। इसलिए इसका गायन समय दिन में ही होना चाहिए। यह कोमल गन्धार और कोमल निषाद वाले वर्ग का राग है। अतः इसका गायन समय रागों के समय चक्र के अनुसार भी दिन का तीसरा प्रहर ही सर्वमान्य है।

3.6 राग हंसकिंकणी की स्वरलिपि

राग हंसकिंकणी
बड़ा ख्याल- एक ताल (विलम्बित लय)
बंदिश

स्थायी-

भई बावरी उनके, झूठे वचन में री।

अन्तरा-

पार परोसन नाम धरत है,

लाज शरम गई मोरी सारी।[1]

स्थायी

-	निसा	ग	-	म	प	ग	-	रे	सा	नि	सा
ऽ,	भई	वा	ऽ	ऽ	ऽ	ऽ	ऽ	व	री	उ	न
ग	-	म	प	पनि	धप	म	प	ग	मप	ग	-
के	ऽ	ऽ	ऽ	फुऽ	ठेऽ	व	च	ऽ	नऽ	म	ऽ
रेसा,	निसा	ग									
रीऽ,	भई	वा									
4		x		0		2		0		3	

1 पं० नारायण लक्ष्मण गुणे, 'संगीत प्रवीण' दर्शिका भाग तीन, पृ० 70, 71

अन्तरा

म	प	नि	नि	सां	-	सां	-	नि	-	सां	गं'
पा	ऽ	र	प	रो	ऽ	सी	ऽ	ना	ऽ	म	थ
रें	सां	निध	प	सा	-	प	नि	ध	प	मप	ग
र	त	हैऽ	ऽ	ला	ऽ	ज	श	र	म	गई	ऽ
मप	ग	रेसा,	निसा	ग							
मोरी	सा	रीऽ	भई	वा							
3		4		x		0		2		0	

हँसकंकणी राग
छोटा ख्याल-एक ताल (मध्य लय)
बंदिश

स्थायी-

झनन झनन झन नननन,

वाजत पैजनिया।

अन्तरा-

ठुमक-ठुमक चाल चलत

वृज की सब सखीयां

देखत सब भूल गई, सावरी कन्हैया।[1]

---

1 प० नारायण लक्ष्मण गुणे, 'संगीत प्रवीण' दशिका भाग तीन, पृ० 7।

स्थायी

ग	ग	म	प	ग̲	ग̲	रे	रे	सा	सा	सा	सा
झ	न	न	झ	न	न	झ	न	न	न	म	म
ग	-	म	प	नि̲	-	ध	प	म	-	प	ग
या	S	ज	त	पै	S	ज	नि	या	S	S	S
x		0		2		0		3		4	

अन्तरा

म	म	म	प	नि̲	नि̲	सां	-	सां	सां	सां	सां
दु	म	क	दु	मं	क	घा	S	ल	च	ल	त
म	प	नि̲	सां	गं̲	रेंसां	नि̲	सां	नि̲	ध	-	-
व्रि	ज	की	S	स	वS	स	खि	या	S	S	S
प	नि̲	ध	प	ध	प	म	-	म	प	ग	-
दे	S	ख	त	स	भू	भू	S	ल	ग	ई	S
सा	ग	म	प	सां	प	ध	प	म	-	प	ग
सां	S	व	रो	S	क	न्है	S	या	S	S	S
x		0		2		0		3		4	

हँस कंकणी
झपताल (मध्य लय)

स्थायी-

धन हंस कंकणी अति चित्र रागीनी

अन्तरा-

कर नाट सुर सकल, सुध मेल सु

मिलाय, पंचम करे वादि चतुर वडभागिनी।[1]

---

1 डॉ॰ लक्ष्मीनारायण गर्ग, 'राग विशारद', पृ॰ 886

स्थायी

^{प}ग	^{प}ग	^{प}ग	म	प	^{म}ग॒	रेग॒	रे	सा	-
ध	न	हं	ऽ	स	कं	ऽऽ	क	नी	ऽ
नि॒	नि॒	सा	ग	ग	ग	म	प	प	मग॒
अ	ति	चि	ऽ	त्र	रा	ऽ	गि	नी	ऽऽ
x		2			0		3		

अन्तरा

म	प	नि॒	सां	सां	सां	सां	नि॒	सां	सां
क	र	ना	ऽ	ट	सु	र	स	क	ल
म	प	नि॒	सां	गं	रें	सां	नि॒	धं	प
सु	ध	मे	ऽ	ल	सु	मि	ला	ऽ	प
प	नि॒	ध	प	ध	प	मग॒	ग	प	म
पं	ऽ	च	म	क	रे	ऽऽ	वा	ऽ	दि
नि॒	नि॒	सा	ग	ग	ग	म	प	म	पग॒
च	तु	र	व	ड	भा	ऽ	ग	नी	ऽऽ
x		2			0		3		

हँस कंकणी
छोटा ख्याल-तीन ताल (द्रुतलय)
बंदिश

स्थायी-

तैं डेरे धील धोल धती मियां

वे तानू राहा तकां दो ठाडी आन्तें।

अन्तरा-

सदा रंग दी गलां तुंसि मान ले

तै नूं खां दी अमानतें।[1]

1 डॉ० लक्ष्मीनारायण गर्ग, 'राग विशारद' भाग-दो, पृ० 888

स्थायी

ध	प	ग॒	-	रे	सा	-	नि	सा	ग	-	सा	ग	म	-	प
डे	रे	धो	ऽ	ल	धो	ऽ	ल	ध	ती	ऽ	मि	याँ	वे	ऽ	ता
नि॒	ध	प	प	म	प	ग॒	-	गम	प	ग॒	-	रे	सा	-	नि॒
नू	ऽ	ऽ	रा	हा	त	कां	ऽ	पोऽ	ऽ	ठा	ऽ	डी	आ	ऽ	न्ते
x				3				x				2			

अन्तरा

म	म	म	प	नि॒	नि॒	सां	-	नि॒	सां	मं	गं॒	रें	नि॒	ध	मप
स	दा	रं	ग	दी	ग	ला	ऽ	तुं	सि	मा	ऽ	न	ले	ऽ	तैऽ
सां	नि॒	ध	प	प	ग॒	-	-	गम	प	ग॒	रेसा	सा	-	सा	नि॒
नूं	ऽ	खाँ	ऽ	ऽ	दी	ऽ	ऽ	ऽऽ	ऽ	ऽ	अऽ	मा	ऽ	न	तें
x				3				x				2			

अध्याय-४

राग मुलतानी, मधुवंती व जैतश्री का सांगीतिक विवरण

4.1 राग मुलतानी की ऐतिहासिक पृष्ठभूमि व सामान्य परिचय

तविर मनि, कोमल रिगध, आरोहत रिधहानि।

प-स वादी-सम्वादि तें मुनि गावत मुलतानि।।[1]

हिन्दुस्तानी शास्त्रीय संगीत एक राग दारी संगीत है। अर्थात पुरा संगीत राग पर आधारित है। पूरे शास्त्रीय संगीत की इमारत इसी राग रूपी नींव पर टिकी हुई है। आज हम कितने ही राग सुनते है हर राग का अपना एक विशेष स्थान तथा महत्त्व होता है। कई राग स्वतन्त्र होते है तथा कुछ राग दूसरे रागों से निकलते है। कुछ राग दो रागों के मिश्रण से बने हुए है। कुछ राग ऐसे है जिनका नाम तथा प्रचलन किसी देश अथवा प्रदेश, प्रान्त आदि के नाम पर पड़ा है। जैसे कालिगड़ा, भैरव, सौराष्ट्र आदि ऐसा एक अत्यन्त प्रचलित राग है। 'मुलतानी।'

'मुलतानी' के बारे में सभी विद्वानों का यह माना है अर्थात् सभी एक मत है कि 'मुलतानी' राग 'मुलतान' प्रान्त से प्रचार में आया है। अर्थात् मुलतान प्रान्त से ही 'मुलतानी' राग की उत्पत्ति मानी गई है।[2]

---

1 'रागचन्द्रिकासार' (संगीत विशारद, भाग-दो)

2 वि०ना० भातखण्डे भातखण्डे संगीत शास्त्र, भाग-4, पृ० 684

'मुलतानी' राग का उल्लेख सर्वप्रथम लोचन जी ने अपने ग्रंथ 'रागतरगिणी' में किया है। मध्यकालीन विद्धानों में लोचन के अलावा ह्दय नारायण जी ने भी 'मुलतानी' राग का उल्लेख किया है। उन्होंने अपने ग्रंथ ह्दय कौतुक तथा "ह्दय प्रकाश' में 'मुलतानी' राग का उल्लेख किया है। मध्यकालीन 'विद्धानों के मतानुसार मुलतानी राग का स्वरूप भी थोड़ा भिन्न है।

यह राग उस समय प्रातः काल में गाते-बजाते थे किन्तु अब इसको सायकाल में गाया बजाया जाता है।[1]

मुलतानी राग जिस तरह आधुनिक समय में गाया-बजाया जाता है, अर्थात् पहले इस तरह से नहीं गाया बजाया जाता था। उस समय मुलतानी राग का स्वरूप अलग था। लोचन कृत ग्रन्थ 'रागतगगिणी' में मुलतानी का उल्लेख इस प्रकार किया है।

मालवः स्याद गुणमयः श्री गोरी च विशेषतः

त्रिवणः स्यान्मूलतानी धनाश्रीरच वसंतकः

गोरी संस्थानमध्ये तु एते राग व्यवस्थितिः।[2]

यहाँ 'मुलतानी' राग को "मूलतानी धनाश्री" नाम से अंकित किया है। उस समय मुलतानी को धनाश्री अंग की मुलतानी कहते थे। लोचन में धनाश्री राग धनाश्री संस्थान में अपने पूर्वी मेल में कहा है तथा गोरी मेल में (अर्थात् भैरव थाट में) "त्रिवणः स्यान्मूलतानी थानाश्रीश्च वसतकः ।" ऐसा कहकर धनाश्री के लक्ष्ण पृथक नहीं कहे यह देखकर 'मुलतानी धनाश्री' यह एक ही मानते थे। 'पूर्णा गादिरथाऽऽरोहे मूलतानी धनाश्री' अतः उन्होंने मुलतानी को 'मुलतानी धनाश्री" कहा है। उस समय मुलतानी राग का गायन समय सुबह का था।

---

1 शारदा मिश्रा, 'स्वरांजली, पृ० 36

2 लोचन कुछ रागतरगिणी (भातखण्डे संगीत शास्त्र भाग चार)

कुछ प्राचीन संस्कृत ग्रन्थों में मुलतानी का गंधार तीव्र बताया है। परन्तु हिन्दुस्तानी संगीत-पद्धति में कोमल गन्धार प्रयोग किया जाता है।"[1] इस तरह कुछ संगीत विद्वानों ने अपने ग्रंथों में मुलतानी का उल्लेख किया है।

आधुनिक समय में राग मुलतानी एक अत्यन्त प्रचलित रागों में से एक है। यह राग आज बड़ी ही प्रसन्नता से हर कलाकार द्वारा गाया बजाया जाता है। आज संगीत के हर घराने में कलाकार इस राग को गाते बजाते है। यह अत्यन्त करणप्रिय एवं बहुत मधुर राग है।

मुलतानी राग की उत्पत्ति तोड़ी थाट से मानी गई है। इस राग में रिषभ तथा गन्धार एवं धैवत स्वर कोमल प्रयुक्त होते है। इस राग में तीव्र मध्यम प्रयोग किया जाता है। आरोह में रिषभ और धैवत को वर्जित किया जाता है। इसके अवरोह में सातों स्वरों का प्रयोग किया जाता है 'मुलतानी' राग की जाति औड़व सम्पूर्ण मानी जाती है। इस राग का वादी स्वर पंचम है तथा संवादी स्वर षड्ज है। इस राग का गायन समय दिन का चौथा पहर है। 'मुलतानी राग' में भी वह स्वर लगते है जो राग तोड़ी में लगते है इसलिए रिषभ गन्धार तथा धैवत स्वरों का प्रयोग बड़ी ही कुशलता से करना चाहिए। अन्यथा इस राग को गाते समय राग तोड़ी का अभ्यास होने लगता है। मुलतानी में अत्यन्त निकट आने वाला राग तोड़ी है। इन दोनों रागों में स्वर तो एक ही लगते है। परन्तु इनमें अन्तर है तो वादी संवादी का, न्यास उपन्यास, अल्पत्व बहुत्व का है लापरवाही से गाये गये मुलतानी में तोड़ी की छाया आ सकती है इसलिए मुलतानी राग को बड़ी कुशलता से गाना पढ़ता है तोड़ी की अपेक्षा मुलतानी में "सा, मं, प, नि" इन स्वरों का ज्यादा महत्व है। मुलतानी राग में रिषभ पर तथा धैवत पर अधिक देर नहीं ठहरना चाहिए तोड़ी राग में 'सा रे ग' स्वर संगति आती है जो मुलतानी राग में कभी नहीं आती। मुलतानी के गन्धार में तीव्र मध्यम कण भी अनिवार्य है। इस प्रकार हर राग गाने के कुछ नियम

---

1 वि०ना०भातखण्डे मातखण्डे संगीत शास्त्र भाग चार, पृ० 685

होते है तथा उन नियमों को मध्य नज़र रखते हुए सभी राग गाने पड़ते है। ताकि राग का अपना स्वरुप न बिगड जाऐं।[1]

मुलतानी राग को परमेल प्रवेशक राग मानते है मुलतानी राग में मध्यम और गंधार की संगति व पुनरावृत्ति बार-बार होती है। काफी थाट के आगे सन्धि प्रकाश रागों में जाने के लिए मुलतानी राग अत्यन्त उपयुक्त राग है। इस राग का गंधार शुद्ध कर देने से पूर्वी थाट के सुप्रसिद्ध राग "श्री" की रुपरेखा दिखाई देने लगते है। यानि मुलतानी का गंधार शुद्ध करके बड़ी सरलता से पूर्वी थाट के सांयकाल में गाये जाने वाले रागों का आरम्भ किया जा सकता है। सायंकाल में सन्धि प्रकाश रागों में प्रवेश करने के लिए जो महत्व मुलतानी का है वही प्रातःकाल के सन्धि प्रकाश रागों में 'उत्तरी वंसत' का है। 'बसन्त' का गन्धार तीव्र है। जबकि 'उत्तरीवसन्त' का कोमल है। इससे यह राग मुलतानी के काफी निकट आ जाता है।

मुलतानी राग में सा, प और नि न्यास के स्वर है और तरह-तरह की ताने और आलाप इन स्वरों पर समाप्त किये जाते है। कहीं-कहीं प्राचीन ग्रंथों में मुलतानी के गन्धार को तीव्र बताया गया है। परन्तु आजकल की प्रचलित संगीत पद्धति में गन्धार स्वर कोमल ही माना गया है। नि सा म ग म प-प स्वर समुदाय राग मुलतानी की विशेष स्वर संगति है। अवरोह में इस राग में म ग, म ग की स्वर संगति ली जाती है। यही स्वर संगति भीमपलासी और राग बसत में भी लेते है पर भीमपलासी में म ग और बसंत में मेग होता है। राग तोड़ी की शुरूआत रे ग से करते है और मुलतानी राग की शुरूआत ऩि सा ग या नि सा म ग से करते है। इस राग का चलन तीनों सप्तकों में अच्छी प्रकार से होता है। आलाप खतम करते हुए ध म प, ग म ग, म ग रे सा इस स्वर समुदाय का प्रयोग करते है। ज्यादात्तर आलाप की तान की शुरूआत इस राग में मंद्र सप्तक के निषाद से करते है।

---

1 पं० जगदीश नारायण पाठक, 'रागदर्पण' भाग-दो, पृ० 114

4.2 राग मुलतानी की स्वरलिपि

मुलतानी

बड़ा ख्याल - तीन ताल विलम्वित बंदिश

स्थायी-

गोकूल गाँव के छोरा,

बरसाने की नार रे।

अन्तरा-

इन दोउन मन मोह लियो है,

रहै सदारंग विहारे रे।[1]

---

1 डॉ० लक्ष्मीनारायण गर्ग, 'राग विशारद' भाग-दो, पृ० 556, 557

स्थायी

- प ग रेसा	सा नि़ सा सा	(सा)नि़ सा (सा)मंग प	मंप -प मंग मंग
ऽ गो ऽ कुल	गाँ ऽ ऽ व	के ऽ ऽऽ ऽ	ऽऽ ऽछो राऽ ऽऽ
(प)ग मं प नि	- सां रें सां	(प)प सां - नि	प मंग मंग गमंपनि
व र सा ऽ	ऽ ने को ऽ	ना ऽ ऽ र	रे ऽऽ ऽऽ ऽऽऽऽ
3	x	2	0

अन्तरा

(प)प प मंग मं	प नि सां सां	नि निसां रें सां	(सा)नि सां नि धप
ई न दोऽ ऽ	उ न म न	मो ऽऽ ह लि	यो ऽ है ऽऽ
(प)ग मं प नि	सां रें(ग) सां सां	नि(सां) नि(सां) सां -नि	प मंग मंग गमंपनि
र है ऽ स	दा ऽ रं ग	नि हा ऽ ऽर	रे ऽऽ ऽऽ ऽऽऽऽ
3	x	2	0

मुलतानी
छोटा ख्याल- एक ताल मध्य लय
बंदिश

स्थायी-

नैनन में आन वान,

कौन सी परी रे।

अन्तरा-

निस देन सोबत, पलक न खोलत

जब देखो मुख श्याम की खरीरे।[1]

---

1 डॉ० लक्ष्मी नारायण गर्ग, 'राग विशारद' भाग-2, पृ० 553

स्थायी

मंप	-	मं	ग	प	-	ग	-	रे	सा	-	सा
नेऽ	ऽ	न	न	मे	ऽ	आ	ऽ	न	वा	ऽ	न
सानि	-	सा	मं	ग	मं	प	-	ग	मं	प	नि
फो	-	न	सी	ऽ	प	री	ऽ	ऽ	ऽ	रे	ऽ
x		0		2		0		3		4	

अन्तरा

मंप	प	-	मंग	-	मं	प	नि	-	सां	-	सा
निऽ	स	ऽ	दिऽ	ऽ	न	सो	ऽ	ऽ	वं	ऽ	त
सानि	सानि	सां	गं	-	सां	सानि	-	सां	नि	ध	प
प	ल	ऽ	क	ऽ	न	खो	ऽ	ऽ	ल	ऽ	त
प	मं	प	निसां	-	सां	रें	-	रें	सां	-	सां
ज	ब	ऽ	देऽ	ऽ	खो	मु	ऽ	ख	श्या	ऽ	म
पमं	प	सां	नि	ध	प	सानि	सा	मंग	मं	प	नि
फीऽ	ऽ	ऽ	ख	री	ऽ	ऽ	ऽ	ऽऽ	ऽ	रे	ऽ
x		0		2		0		3		4	

राग मुलतानी
छोटा ख्याल (मीन माल - द्रुत लय)
बंदिश

स्थायी-

रुणक झुणक मोरी पायल बाजे

बिछवा छुम-छुम छन नन साजे।

अन्तरा-

सेज चढ़त मोरी झाझन हाले

सास ननद की लाजे।[1]

---

1 डॉ० लक्ष्मी नारायण गर्ग, 'राग विशारद' भाग-2, पृ० 553

स्थायी

$^{\text{मं}}$प	प	$\underline{\text{ग}}$	$^{\text{मं}}$प	$^{\text{मं}}\underline{\text{ग}}$	$\underline{\text{रे}}$	सा	सा	$^{\text{सा}}$नि	सा	मं	$\underline{\text{ग}}$	^{प}मं	प	मं	$\underline{\text{ग}}$
रू	ण	क	झु	ण	क	मो	रि	पा	ऽ	य	ल	बा	ऽ	जे	
0				3				x				2			
$\underline{\text{ग}}$	मं	प	नि	सा	नि	$\underline{\text{ध}}$	प	मं	म	प	$\underline{\text{ध}}$	प	-	मं	$\underline{\text{ग}}$
बि	छु	वा	ऽ	छु	म	छु	म	छु	न	न	न	सा	ऽ	जे	ऽ

अन्तरा

मं	-	प	$\underline{\text{ध}}$	प	$\underline{\text{ग}}$	मं	प	नि	-	सां	नि	सां	-	सां	-
से	ऽ	ज	च	ढ़	त	मो	री	झां	ऽ	झ	न	हा	ऽ	ले	ऽ
0				3				x				2			
नि	-	सां	$\underline{\text{गं}}$	$\underline{\text{रें}}$	$\underline{\text{रें}}$	सां	-	मं	प	सा	नि	प	-	मं	$\underline{\text{ग}}$
सा	ऽ	स	न	न	द	की		ला	ऽ	ऽ	ऽ	जे	ऽ	ऽ	ऽ

तराना राग मुलतानी (तीन ताल)

स्थायी-

तनन तनन तोम तनन त देरे दानी,

तोम तोम तननन दीम तन तन दानी।

अन्तरा-

यललि पललि लोग तनन त दिर दिर दानी

धा किटकत धुम किट तक कता ध क्डाम देरे दानी।[1]

स्थायी

प	म॑	ग	प	म॑	ग	रे	सा	नि़	सा	ग	म॑	प	म॑	ध	प
त	न	न	त	न	न	तो	म	त	न	न	त	दे	रे	दा	नी
ग	म॑	प	नी	सां	नी	ध	प	प	ध	म॑	प	म॑	ग	रे	सा
तो	म	तो	म	त	न	न	न	दी	मं	त	न	त	न	दा	नी
0				3				x				2			

अन्तरा

ग	म॑	प	नि	सां	नी	सां	सां	प	नि	सां	गं	रें	रें	सां	सां
य	ल	लि	य	ल	लि	लो	म	त	न	न	त	दिर	दिर	दा	नी
नि	नि	सां	गं	रें	सां	नी	सां	नि	ध	प	म॑	ग	रे	सा	सा
धा	किट	तक	धुम	किट	कत	क	ता	धा	ऽ	क्डा	न	दे	रे	दा	नि
0				3				x				2			

---

1 पं० जगदीश नारायण पाठक, 'राग दर्पण', भाग 2, पृ० 119

राग- मुलतानी
ध्रुपद- (चौताल)
बंदिश

स्थायी-

जाके मिर्ग छाल, ताके

मोतियन की माल,

जाके नाद डमरु, जाके

सिंग अधर रे, जाके मिर्ग

अन्तरा-

हिम डिम डिम डमरु बाजे,

जटा जूट गंग छाई,

रूंड मुंड माल जाके,

बांधा वर पट रे, जाके मिर्ग।[1]

1 डॉ० लक्ष्मी नारायण गर्ग, 'राग विशारद' भाग 2, पृ० 558, 559

स्थायी

(म॑)प	-	(म॑)ग॒	म॑(ध॒)	(म॑)प	प	ग॒	-	रे॒	(ग॒)रे॒	-	सा
जा	ऽ	के	मि	ऽ	र्ग	छा	ऽ	ल	ता	ऽ	के
(नि)सा	नि़	सा	म॑	ग॒	म॑	प	-	-	ध॒	-	प
मो	ऽ	ति	य	ऽ	न	की	ऽ	ऽ	मा	ऽ	ल
म॑प	-	प	(म॑)ग॒	-	म॑	प	नि	सां	(रें)गं॒	सां	सां
जा	ऽ	के	ना	ऽ	द	ड	म	रू	जा	ऽ	के
म॑प	सां	नि	ध़	प	(म॑)ग॒	(सा)नि़	सा	ग॒	म॑	प	नि
जा	ऽ	के	ना	ऽ	द	उ	ऽ	म	ऽ	रू	ऽ
ध॒	-	प	(म॑)ग॒	-	ग॒प						
जा	ऽ	के	मि	ऽ	र्ग						
x		0		2		0		3		4	

अन्तरा[1]

[मं]प	प	प	[मं]प	ग	मं	प	नि	नि	सां	-	सां
डि	म	डि	म	डि	म	ड	म	रू	बा	ऽ	जे
[सा]नि	[सा]नि	सां	रें	-	सां	[सा]नि	-	सां	नि	ध	प
ज	टा	ऽ	जू	ऽ	ट	गं	ऽ	ग	छा	ऽ	ई
मं	-	प	[सा]नि	-	सां	रें	-	रे	सां	-	सां
रूं	ऽ	ड	मं	ऽ	ड	मा	ऽ	ल	जा	ऽ	के
[म]प	सां	नि	ध	प	[मं]ग	[सा]नि़	सा	[मं]ग	मे	प	नि
बा	ऽ	धां	ऽ	व	र	प	ट	रे	ऽ	ऽ	ऽ,
ध	-	प	मंग	मं	प						
जा	ऽ	के	मि	ऽ	र्ग						
x		0		2		0		3		4	

4.3 राग मधुवन्ती की ऐतिहासिक पृष्ठभूमि व सामान्य परिचय

राग - मधुवन्ती

गा कोमल, मा तीव्र है, चढ़ते रि ध न सुहाय

पस वादी-संवादी सा, गुनि मधुवती गाय।।[1]

"मधुवन्ती राग" एक प्राचीन राग नहीं है। इस राग का निर्माण अर्थात् इस राग की उत्पत्ति आधुनिक युग में लगभग तीस चालीस वर्ष पहले हुई है। अतः इस राग के विषय में कोई मत भेद नहीं है। 'मुलतानी' जैसे सुन्दर राग को थोड़ा सा बदल कर मधुवन्ती राग की रचना की गई है।[2]

विद्धानों के अनुसार मधुवन्ती राग की रचना स्व० पंड़ित वामन राब पाचे ने की थी। स्व० पंडित वामन राव जी ने अपनी पुत्री के नाम पर इसका नाम 'अविका' रखा था। मधुवंती राग को अविका भी कहा जाता था।[3]

मधुवन्ती राग हमारे उत्तर भारतीय दस थाटों में किसी भी थाट के अन्तर्गत नहीं आता है। इससे यह पता चलता है कि यह राग उत्तर भारतीय शास्त्रीय नियमों के आधार पर नहीं बना है। यह व्यंकटमुखी के वहत्तर थाटों के अन्तर्गत आता है। यह व्यंकट मुखी के थाट धर्मवती के अन्तर्गत रखा जा सकता है। इस राग में गन्धार कोमल तथा मध्यम तीव्र लगता है और बाकी स्वर शुद्ध प्रयोग होते है। कुछ लोग इसमें दोनों निषाद लगाते है। किंतु ऐसा प्रचार में कम है। यदि हम अपने उत्तर भारत में मधुवंती नामक एक थाट मानकर मधुवंती को उसका आश्रय राग मान ले तो अनुचित न होगा। 'मधुवंती' राग के थाट में

---

1 वसंत कृत, 'राग कोष', पृ० 10

2 प० गणेश प्रसाद शर्मा, 'राग प्रवीण' पृ० 24

3 शंकर लाल मिश्र, 'नवीन ख्याल रचनावली', पृ० 167

बहुत मतभेद है। कुछ विद्धान इसे काफी थाट से मानते है और कुछ विद्धान इसे तोड़ी थाट मानते है।[1]

मधुवन्ती राग की जाति औड़व सम्पूर्ण मानी जाती है। क्योंकि इसके आरोह में पाँच ही स्वर प्रयोग होते है। रिषभ तथा धैवत आरोह में वर्जित माने गए हैं तथा अवरोह सम्पूर्ण है। इस राग का वादी सवर पंचम और संवादी स्वर रिषभ है। अब प्रश्न यह उठता है कि जब यह एक पूर्वांग प्रधान राग है तो इसका वादी उत्तरांग में कैसे हुआ। इस प्रश्न का उत्तर इस प्रकार दिया जा सकता है कि यद्यपि यह एक पूर्वांग प्रधान राग है फिर भी इस राग का सबसे महत्वपूर्ण और न्यास का स्वर पंचम है। इसके अतिरिक्त इस राग की शोभा पंचम को वादित्व प्रदान करने में ही है। अतः पंचम का वादित्व उचित है अब जहां तक संवादी स्वर का प्रश्न है पूर्वांग में रियम से अधिक महत्वपूर्ण स्वर कोई नहीं है और पंचम से षड़ज-मध्यम भाव भी मिलता है। इसके अतिरिक्त इसमें रिषभ और धैवत दो स्वर ऐसे है जो इसे मुलतानी राग से अलग करते है। अतः रिषभ का संवादी मानना भी उचित ही है। 'मधुवन्ती राग का गायन समय दिन का चौथा पहर रखा गया है। इसी समय 'मुलतानी' राग भी गाया जाता है।[2]

मधुवन्ती राग का चलन विलकुल 'मुलतानी राग की भांति है यस इन दोनों में अन्तर यही है कि मधुवंती राग में रिषभ और धैवत शुद्ध प्रयुक्त होते है जबकि राग 'मुलतानी' में रिषभ और धैवत कोमल प्रयोग किये जाते है। इन्हीं दो स्वरों पर जोर दिया जाता है मधुवन्ती राग में लोटते समय रिषभ पर षड़ज का कण हमेशा लगता है। इसमें 'मुलतानी' की ही भान्ति गधार पर तीव्र मध्यम का कण लगाया जाता है। पंचम मधुवंती राग का महत्वपूर्ण स्वर है तथा राग में पंचम स्वर का विस्तार खुब किया जाता है।[3]

---

1 प० गणेश प्रसाद शर्मा, 'राग प्रवीण', पृ० 24

2 पं० गणेश प्रसाद, 'राग प्रवीण', पृ० 25

3 जे०दे० पत्की, 'अप्रकाशीत राग' भाग-दो, पृ० 87

पंचम स्वर का विस्तार इस प्रकार किया जाता है। "ऩि स ग॒ म प, प ग म प, म प नि ध प, ध प, ध म प म ग॒ रे सा।" इसमें धैवत का प्रयोग बहुत ही कर्ण प्रिय मालुम होता है जैसे "म प नि, ध प म प" इस राग में राग का विस्तार मध्य सप्तक में विशेष रूप से होता है। इस राग में प्रत्येक आलाप का प्रारंभ मंद्र के निषाद से होता है। यह एक पूर्वांग प्रधान राग है।

मधुवन्ती राग का विवरण किसी प्राचीन ग्रंथ में नहीं मिलता इससे यह पता चलता है कि यह एक प्राचीन राग नहीं है। यह एक आधुनिक प्रचलित राग है कुछ लोग इसमें अर्थात् मधुवन्ती राग में कोमल निषाद का प्रयोग भी करते है। ग्वालियर घराने के संगीतज्ञ 'मधुवन्ती' राग में आरोह में शुद्ध तथा अवरोह में कोमल निषाद का प्रयोग करते है।

मधुवन्ती राग का सम्पूर्ण राग 'मुलतानी' के अतिरिक्त कोई और नहीं है। यद्यपि 'मधुवन्ती' का शुद्ध रिषभ और धैवत एक स्वतन्त्र अस्तित्व बनाये रखता है। फिर भी कभी-कभी मुलतानी की छाया आ जाती है। जैसे नि सा म ग॒, म प, म ग" परन्तु जैसे ही हम शुद्ध रिषभ या धैवत का प्रयोग करते है तो यह राग 'मुलतानी' से अलग हो जाता है।

4.4 राग मधुवंती की स्वरलिपि

राग मधुवंती

वडा ख्याल विलम्बिद (एक ताल)

बंदिश

स्थायी-

ऐ री मालनिया गुंद लाओ, फूलन हार

वेला चमेली संग श्रृंगार रचाओ।

अन्तरा-

सुन सखी आज पिया मोरे घर आयेगें

आंगन द्वार सजाओ।[1]

स्थायी

			ग̱ मं	प नि ध--	म पं ध--	ग̱--	रे सा
			हे री	मा ऽ ऽ ऽ	ल ऽ नि ऽ	या ऽ	गुं द
रे	-	-	सा नि̤	सा	-	-	-
ला	ऽ	ऽ	ऽऽ	ओ	ऽ	ऽ	ऽ
×							
^रेसा^नि̤	-	ध̤	प	^नि^सा	-	-	सा
फू	ऽ	ल	ऽन	हा	ऽ	ऽ	2
0							
निसाग̱	-	-	मं	ग̱	मं	-	प
वेऽऽ	ऽ	ऽ	ऽ	ला	ऽ	ऽ	ऽ
2							
ग̱मंपनि	-	-	-	नि	सां	-	-
चऽमऽ	ऽ	ऽ	ऽ	ली	ऽ	ऽ	ऽ
0							
रेसानि-	निसा	ध	मंधपमं	ग̱	-	रे	सा
संऽऽऽ	ऽऽ	ग	सऽऽऽ	गा	ऽ	र	२
3							
रे	-	सा					
चा	ऽ	ओ					

1 डॉ० चमल लाल वर्मा, संगीत कलश', पृ० 75

अन्तरा

				पर्मगुर्म	गु-रेसा		गुर्म	पनि
				सुऽनऽ	सऽखीऽ		आऽ	जपि
सां	-	-	-	रे-निसां	नि	[illegible]	सां	-
धा	ऽ	ऽ	ऽ	ऽऽऽऽ	ऽ	[illegible]	ऽ	ऽ
×								
(रेसां)नि	थप	मंधपर्म	ग	(सा)रे		-	सा	-
ऽ	ऽऽ	ऽऽऽऽ	ऽ	ऽ	ऽ	ऽ	ऽ	
0								
निसार्म-	-	ग	-	गुर्म	प	-	प	
मोऽऽऽ	ऽ	रे	ऽ	धऽ	ऽ	ऽ	र	
2								
पर्मगुर्म	पनि	-	नि	नि	सां	-	-	
आऽऽऽ	ऽऽ	ऽ	पे	गे	ऽ	ऽ	ऽ	
0								
रेसानि-	निसां निध		मंधपर्म	ग	-	रे	सा	
आऽऽऽ	ऽऽ	ग	नऽऽऽ	ख्वा	ऽ	र	स	
3								
रे	-	सा						
जा	ऽ	ओ						
4								

राग मधुवंती
छोटा ख्याल (त्रिताल - द्रुत लय)
बंदिश

स्थायी-

पिया मोरे घर आये

जियरा अत हरषाये।

अन्तरा-

प्रियतम की छवि राखूंगी मैं

निज नेनन में समये।[1]

---

1 डॉ० चमन लाल वर्मा, 'संगीत कलश', पृ० 77

स्थायी

गुमं	पनि	धप	मंध	पमं	गु	-	रेसा
निऽ	याऽ	ऽऽ	मोऽ	रेऽ	ब	ऽ	रऽ
0				3			
रे	-	सा	-	गु	मं	प	-
आ	ऽ	ऽ	ऽ	ऽ	ऽ	ये	ऽ
1				2			
गु	मं	प	मं	ध	ध	प	प
जि	य	रा	ऽ	अ	त	ह	र
0				3			
गुमं	गुमं	पमं	पनि	सांनि	धप	मंगु	रेसा
पाऽ	ऽऽ	ऽऽ	ऽऽ	ऽऽ	ऽऽ	येऽ	ऽऽ
1	•			2			

अन्तरा

गु	मं	प	नि	सां	-	सां	सां
पि	य	त	म	की	ऽ	छ	बी
0				3			
रे	नि	ध	प	मं	-	गु	-
रा	ऽ	खू	ऽ	गी	ऽ	मैं	ऽ
1				2			
गु	मं	प	नि	सां	गु	रे	सा
नि	ज	ने	ऽ	न	न	म	स
0				3			
रेरे	सानि	धप	मंध	पमं	गुमं	गुरे	सा
मऽ	ऽऽ	ऽऽ	ऽऽ	ऽऽ	ऽऽ	मऽ	ऽऽ
1				2			

मधुवंती
छोटा ख्याल -तीन ताल- मध्यलय
बंदिश

स्थायी-

फूलवन सेज सजाव सखीरी,

आज आये मोरे प्रीतम प्यारे।

अन्तरा-

बहुत दिन पाछे पिया मोरे आयो

लंहु बलैया बारं-वारे।[1]

1 पं० रामकृष्ण व्यास, 'राग प्रवीण', भाग एक, पृ० 84

स्थायी

प मं	ग	मं		प	ग	रे	सा	रे	-	सा	-	ग	मे	प	-
फू ल	व	न		से	ऽ	ज	वि	छा	ऽ	व	ऽ	स	खी	री	ऽ
ग मं	प	नि		नि	-	सां	सां	नि	-	ध	मंप	मंप	गमं	गरे	सा
आ ऽ	ज	आ		वे	ऽ	मो	रे	प्रि	ऽ	त	ऽम	प्या	ऽऽ	रेऽ	ऽ
0				3				x				2			

अन्तरा

प	प	ग	मं	प	प	नि	सां	सां	सां	सां	सां	गं	रें	सां	-
ब	हु	त	दि	न	न	पा	छे	पि	या	मो	रे	आ	ऽ	ये	ऽ
गमं	पनि	ध	प	मं	प	-	धप	मंप	ग	मं	ग	-	रे	सा	सा
लेऽ	ऽऽ	हूं	ऽ	ब	लै	ऽ	याऽ	ऽऽ	वा	ऽ	र	ऽ	वा	रे	ऽ
0				3				x				2			

मधुवंती
तराना-तीन ताल- द्रुतलय

स्थायी-

तना दीं तनो तन न तन दे रे ना

दे रे ना दे, रे ना दीं तनन नदेरे ना

तों त न न न न त न न न देरे ना।

अन्तरा-

त न न न न न दी तन नन देरे ना

दिर दिर न दिर दिर न दीं तन नन देरे ना

द्रेतीं तनन न न धिर किह तक तिर किट तक धाति

धा क्डान धा धा धा क्डानप धा धा

धा क्डान धा धा।[1]

---

1 लक्ष्मी नारायण गर्ग कृत, 'राग विशारद' भाग-दो, पृ० 455

स्थायी

x	2	0	3
		मं	प ग — मंऽ
		त	न दीं ऽ तऽ
सा - - नि	ध प मं ग	रेसा रे सा -	नि नि सा ग
नो ऽ ऽ त	न न त न	देऽ रे ना ऽ	दे रे ना दे
ग मं प -	मं प नि सां	नि ध प -	प ग - रें
रे ना दीं ऽ	त न न न	दे रे ना ऽ	तौं ऽ ऽ त
सा नि ध प	सां नि ध प	ग मं प,	
न न न न	त न न न	दे रे ना,	
x	2	0	3

अन्तरा

x	2	0	3
प प प प	मं प ग मं	प प नि नि	सां सां सां —
त न न न	न न दी ऽ	त न न न	दे रे ना ऽ
नि सां गं मं	गं रें सां -	नि नि नि सां	ध ध प —
दिर दिर ना दिर	दिर न दीं ऽ	त न न दे	रे ना ऽ ऽ
प रें - सां	नि ध प प	मं मं म प	प प मं प
द्रे तौं ऽ त	न न न न	धिर धिर तक तिर	तिट तक धा ति
ग - - प	प मं - ध	प - - प	- मं - प
सां - ऽ क्डानं	ऽ धा ऽ धा	धा ऽ ऽ क्डान	ऽ धा ऽ धा
सां - - प	- मं - प	ग - -	
धा ऽ ऽ वड़ान	ऽ धा ऽ ऽ	धा ऽ ऽ	
x	2	0	3

4.5 राग जैतश्री की ऐतिहासिक पृष्ठभूमि व सामान्य परिचय

राग-जैतश्री

रिध कोमल, मध्यम कड़ी, गनि संवाद बनाय

आरोही रि ध वरजकर, राग जैतश्री भाय।[1]

'जैतश्री' एक प्राचीन राग है। आधुनिक समय में जैतश्री राग का प्रचार कम हो गया है। कई संगीत विद्धानों के अनुसार यह राग दो रागों के मिश्रण से बना हुआ है अर्थात् 'जैत' और 'श्री' राग के मिश्रण से 'जैतश्री' राग बना है।

प्राचीन काल के संगीत ग्रन्थों में जैतश्री राग का उल्लेख मिलता है। पं० अहवाल जी ने भी अपने ग्रंथ 'संगीत परिजात' में 'जैतश्री' राग का उल्लेख किया है। एक प्राचीन संगीत ग्रंथ 'राग विवोध में भी जैतश्री का उल्लेख हुआ है। परन्तु राग विवोध में जैतश्री राग पूर्वी थाट का माना है। इस ग्रंथ में जैतश्री राग में रिषभ और धैवत स्वर दुर्बल कहें है। हृदय नारायण देव जी ने भी अपने संगीत ग्रंथ 'हृदय कौतुक' में जैतश्री राग का उल्लेख किया है। परन्तु हृदय नारायण देव जी ने 'जैतश्री' राग का उल्लेख तो किया है पर उन्होंने यह राग भैरव थाट से माना है।[2]

इसी प्रकार अन्य ग्रंथकारों के संगीत ग्रन्थों में "जैतश्री राग" का उल्लेख मिलता है।

गंधारंशा तथा साता सायंकालोचित मत।

लक्ष्य संगीते[3]

---

1 'वसंत कृत, राग कोष' पृ० 7

2 पं० लक्ष्मी नारायण गर्ग कृत, राग विशारद, भाग-एक

3 पं० रामाश्रय झा, 'अभिनव गीतांजली' पृ० 166

गंधारस्य निषादकस्य च सदा संवाद सभूषित।

राग कल्पद्रुमांकुरे

गंधारांशा सांप जैतश्री गीयते बुधैः।

चन्द्रिकायाम्

ग म नी सुर तीखे जहाँ मृदु रि ध चढ़त न लीन्ह।

ग नि वादी सम्वादि ते जैतसिरी कहि दीन्ह।।

राग चन्द्रिकासार

गंधारंशो निषादेन निज संवादिनाश्रिताः।

संगीत सुधारके

इसके अतिरिक्त पारिजात ग्रन्थ के रचयिता पंडित अहोवल ने भी जैतश्री के सन्दर्भ में इस प्रकार कहा है यथा आरोहने रिथी न स्तो निस्थारोग्राह मन्डिते ।

पारिजात

यहां निषाद को ग्रह स्वर कहा है। यह भी ध्यान देने योग्य है। अर्थात् वादी गंधार की ओर इंगित करता है। यह सत्य है कि इस राग में पंचम पूर्ण न्यास का स्वर है। किन्तु वादी का स्थान गंधार को ही देना श्रयकर है। इस प्रकार जैतश्री राग का उल्लेख संगीत ग्रन्थों में किया गया है।[1]

"जैतश्री राग" पूर्वी थाट से उत्पन्न माना गया है। इस राग में रिषभ और धैवत स्वर कोमल माने गए है तथा मध्यम स्वर तीव्र प्रयोग होता है। कुछ

1 'अभिनव गीतांजली', पं० रामाश्रय झा, पृ० 166, 167

विद्धान इस राग में शुद्ध धैवत का प्रयोग करके इसे मारवा थाट का भी मानते है किन्तु ऐसा प्रचार में कम ही है। जैतश्री राग में आरोह में पांच ही स्वर प्रयोग किए जाते है और अवरोह में सातों स्वरों का प्रयोग किया जाता है। इसके आरोह में रिषभ व धैवत स्वर वर्जित किये जाते है और अवरोह सम्पूर्ण है इस प्रकार इस राग की जाति औड़व सम्पूर्ण मानी गई है इस राग का वादी स्वर गन्धार और संवादी स्वर निषाद है जैतश्री राग के गाने का समय प्रातः काल माना गया है।

जैतश्री राग में राग "जैत" और "श्री" का बड़ा ही सुन्दर मिश्रण है। इस राग में षड़ज, गन्धार, पंचम और निषाद स्वरों पर न्यास किया जाता है। ग प और नि और रे की स्वर संगतियां प्रमुख है। इसके अतिरिक्त प ग रे सा तथा 'म ध म ग' और 'म ध प' स्वर समूह विशेष रूप से लिये जाते है जो की क्रमशः 'जैत' और "श्री" राग के धोतक है।[1]

"जैत श्री" राग के वादी संवादी स्वरों में सर्व सहमति नहीं है कई संगीत विद्धान इसमें वादी स्वर पंचम और संवादी स्वर षड़ज मानते है। "म ग म, ग" यह स्वर संगती इस राग में मुख्य रुप से कई बार ली जाती है। इसमें 'सा ग प' इस प्रकार लेने से थोड़ा "जैत" राग का आभास होता है परन्तु "जैत" राग मारवा थाट का राग है। म प, नि सा, रे सा, म प, नि सा, रे सा। यह स्वर समुदाय जैत श्री राग में कभी-कभी आता है। इससे 'श्री' राग का आभास होता है। परन्तु श्री राग के आरोह में गन्धार और धैवत स्वर वर्जित है।

जबकि जैतश्री राग के आरोह में रिषभ और धैवत स्वर वर्जित होते है। 'प, ध प, म ग, म ग, म ध प, म प ध प' 'जैतश्री' राग में यह स्वर समुदाय आने पर एक और प्रसिद्ध राग "पूर्णा धनाश्री का आभास होता है परन्तु 'पूर्या-धनाश्री' राग की जाति सम्पूर्ण सम्पूर्ण है जबकि 'जै श्री राग की जाति औड़व-सम्पूर्ण है।[2]

---

1 पं० गणेश प्रसाद शर्मा कृत, 'राग प्रवीण', पृ० 206

2 श्री नारायण लक्ष्मण गुणे कृत, 'संगीत प्रवीण दर्शिका' भाग एक, पृ० 91

"जैत श्री" राग के सम्बन्ध में कई मतभेद है। कई विद्वान इसे पूर्वी थाट से भी मानते है और कुछ मारवा थाट से मानकर इसके आरोह में केवल धैवत स्वर को वर्जित करते है कुछ पूर्वी थाट से मानकर इसके आरोह में रिषभ और धैवत स्वर वर्जित करते है। यही मान्यता अधिकतर प्रचलन में देखी गई है। "जैत श्री " राग सदैव ही पूर्वी अंग से ही गाना चाहिए। यह "जैत और श्री" राग के मिश्रण से बना है। इसके पूर्वांग में 'जैत' तथा उत्तरांग में श्री राग व्यक्त होता है। इस राग में "प ग, रे̱ नि" की स्वर संगति मधुर प्रतीत होती है। इस राग के गन्धार स्वर और पंचम स्वर पर न्यास किया जाता है।

"जैत श्री" राग के बारे में कुछ संगीत विद्वान यह मानते है कि पूर्वी थाट राग के आरोह में रिषभ और धैवत स्वर वर्जित कर देने पर तथा "प ग रे̱ सा," और "म ध̱ म ग" स्वरो के समूहों को बार-बार प्रयोग करने पर "जैत श्री" राग में 'बंसत' राग की छाया आने लगती है। परन्तु जब "म ग म" के बाद प ग रे̱ सा" स्वर लेते हैं तो फिर 'बसंत' राग से यह अलग हो जाता है। इस राग में जब "म प़ नि सा रे̱" स्वर संगति "श्री" राग की सूचक है "जैत श्री" राग में "म ग म ग" स्वर संगति विशेष रूप से प्रयोग की जाती है।

4.6 राग जैतश्री की स्वरलिपि

राग जैतश्री

बंडा ख्याल- एक ताल-विलम्वित

बंदिश

स्थायी-

काहै सतावत नन्द लाल

तुम हो अनोखे लाल।

अन्तरा-

देखत है सब वृज वाल

अव मानो मोरी गोपाल।[1]

स्थायी

रेसा	निसा	ग	प	ध	प	प़	मंप	मं	ग	रे	सा
काऽ	हेस	ता	ऽ	व	त	न	दऽ	ला	ऽ	ल	ऽ
सा	ग	प	-	ध	प	सांरें	निध	प	मंग	पग	रेसा
तु	म	हो	ऽ	अ	नो	ऽऽ	ऽऽ	खे	लाऽ	ऽऽ	ऽल
4		x		0		2		0		3	

अन्तरा

मंग	मंधप	सां	-	सां	सां	नि	सां	गं	-	रे	सां
देऽ	खऽत	है	ऽ	स	व	वृ	ज	वा	ऽ	ऽ	ल
निरे	निध	प	-	ध	मंप	नि	ध	प	मंग	पमं	रेसा
अव	माऽ	नो	ऽ	मो	रीऽ	गो	ऽ	पा	ऽऽ	ऽऽ	ऽल
4		x		0		2		0		3	

---

1 पं० रामकृष्ण व्यास, 'राग प्रवीण', भाग-दो, पृ० 98

जैत श्री
छोटा ख्याल- तीन ताल- द्रुतलय
बंदिश

स्थायी-

मान न किजे अपने पिया सों

मान लीजे अब राधा रानी।

अन्तरा-

तु तो महा प्रवीन सकन पुंन

यह विनती मोरी मान स्यानी।[1]

स्थायी

3				x				2				0			
सा	-	ग	म	प	-	प	-	प	ध	प	प	म	ग	म	ग
मा	ऽ	न	न	की	ऽ	जे	ऽ	अ	प	ने	पि	या	ऽ	सों	ऽ
प	-	सां	नि	-	ध	प	प	म	ग	म	ग	ग	रे	सा	-
मा	ऽ	न	ली	ऽ	जे	अ	ब	रा	ऽ	था	ऽ	रा	ऽ	नी	ऽ

1 पं० लक्ष्मी नारायण गर्ग कृत, 'राग विशारद' भाग-दो, पृ० 84

अन्तरा

3				x				2				0			
प	ध	प	सा	सां	-	-	सा	रें	-	सां	गं	रें	रें	सां	सां
तु	म	तो	म	हा	ऽ	ऽ	प्र	वी	ऽ	न	स	क	ल	युं	न
सां	सां	रें	नि	नि	ध	प	प	प	मं	ग	मं	ग	रे	सा	-
य	ह	वि	न	ती	ऽ	मो	री	मा	ऽ	न	स	या	ऽ	नी	ऽ

जैत श्री
एक ताल (मध्यमलय)
बंदिश

स्थायी-

सांझ मिलन वेला, दिन सो रेन चन्दा

चकोरी दीपक और पतंगा अंधिपारी मिली जुन्हाई।

अन्तरा-

कन्त मिलन कामिनी धाई संत सदिर जाई

ज्ञान ध्यान धरी सुभ रंग, पुजन चला सांई।[1]

स्थायी

x		0		2		0		3		4	
प	-	प	पम	ध॒म	गरे॒	ग	रे॒	रे॒	सा	नि	साग
सां	ऽ	झ	मिऽ	लऽ	नऽ	वे	ऽ	ला	ऽ	ऽ	ईऽ
ग	ग	ग	गम	ध॒	म	ग	रे॒	रे॒	रे॒	सा	सा
दि	न	सो	रेऽ	ऽ	न	चं	दा	च	को	ऽ	री
सा	-	प	प	ध॒	प	पम	गम	पनि	ध॒	प	-
दी	ऽ	प	क	औ	र	पऽ	तऽ	ऽऽ	ऽ	गा	ऽ
म	म	पनि	सा	सां	-	रें॒	रें॒	निध॒	निध॒	पम	गम
अं	धिं	याऽ	ऽ	री	ऽ	मि	ली	जुऽ	व्हाऽ	ऽऽ	ईऽ

---

1 शंकर लाल मिश्र 'सुभरंग' कृत 'नवीन ख्याल रचनावली' पृ० 210

अन्तरा

x		0		2		0		3		4	
प	–	प	सां	सां	सां	सांनि	धप	म॑प	निसां	रें	सां
कं	ऽ	त	मि	ल	न	काऽ	मिऽ	नीऽ	धाऽ	ऽ	ई
नि	–	नि	रें	नि	ध	प	–	म॑ग	पम॑	ध	प
सं	ऽ	त	मं	दि	र	जा	ऽ	ऽऽ	ऽऽ	ई	ऽ
नि	–	रें	गं	–	रें	गं	रे	सां	सांनि	रे	सा
ज्ञा	ऽ	न	ध्या	ऽ	न	ध	री	सु	भऽ	र	ग
नि	–	रे	नि	ध	प	म॑प	रेरे	निध	पम॑पम॑	रेरेसानि	सागम॑ध
पु	ऽ	ज	न	च	ला	सांऽ	ऽऽ	ऽऽ	ऽऽऽऽ	ईऽऽऽ	ऽऽऽऽ

राग-जैत श्री
वडा ख्याल - झूमरा (विलम्बित)
बंदिश

स्थायी-

ऐ जवते पी सपने में आये,

तवते नीदरिया नंहि आये।

अन्तरा-

श्याम बिना मोरे तन को

'रंगील' सेजरिया न सुहाये।[1]

---

1 पं० रामाश्रय झा, अभिनव गीतांजली, पृ० 201

स्थायी

3				x			2				0		
(प)	मंगमं	गरे	निसा	ग	-	साग	प	ध	मं	ग	मंग	रे	सा
ऐ	SSS	जब	तेS	पी	S	सप	ने	S	में	S	आS	ये	S
निरे	निध	प	सा	सा	मंग	प	धप	(सो) प		पध	प	सा-ग	गपपध
तS	Sव	ते	S	नी	दरि	या	नहि	आ S		SS	S	S,SS	SSSS

प	मंग	मंग	रे,निसा
ये	SS	S,ज	व,तेS

अन्तरा

-	-,	प-	सांसां
S	S	याS	मवि

सां	-	रें	सां	सांसां	सां	-सां	रेंनि	धप	मंग
ना	S	मो	रे	तन	को	डरं	गीS	SS	SS
x			2				0		
मंग	रेसा	सा	पग	प	ध	पप	(सां) प	पध	प
SS	लेS	से	जरि	या	ना	Sस	हा S	SS	S
3				x			2		
सा,-ग	गपपध	प	मंग	मं,ग	-रे	निसा			
S,SS	SSSS	ये	SS	S,ज	Sव	तेS			
0			3						

अध्याय-५

राग प्रदीपकी, मलुहाकेदार, देवगंधार व भीम का सांगीतिक विवरण

5.1 राग प्रदीपकी की ऐतिहासिक पृष्ठभूमि व सामान्य परिचय

पगौ मगौ रिसनिसा गमों पगो म नि ध्यौ

मगौ मगौ रिसा पटदीपकी षड़ज वादिनी।[1]

'प्रदीपकी' राग आजकल प्रचलन में कम ही प्रयोग होता है। अर्थात आधुनिक समय में इस राग का चलन न के ही बराबर होता है। यह एक अप्रसिद्ध राग है।

'प्रदीपकी' राग का उल्लेख प्राचीन ग्रन्थों में दृष्टिगोचर नहीं होता है। इस राग का उल्लेख दक्षिण के एक ग्रन्थ 'रागलक्षण' में मिलता है। परन्तु उस ग्रन्थ में भी 'प्रदीपकी' नहीं अपितु 'सुप्रदीप' नाम का एक राग अंकित है। उसमें उसका अर्थात 'सुप्रदीप राग का स्वरूप इस प्रकार किया है। सा, <u>रे</u>, ग म, प ध नि सां।

जबकि आधुनिक समय में 'प्रदीपकी' राग का स्वरूप इस प्रकार है।-

आरोह- <u>नि</u> सा ग म प <u>नि</u> सां

अवरोह- सा <u>नि</u> ध प म <u>ग</u> रे सा

---

1 वसंत कृत 'राग कोष', पृ० 10

'सुप्रदीप' राग में रिषभ कोमल बताया है। जबकि "प्रदीपकी' राग में शुद्ध रिषभ का प्रयोग होता है।[1]

इसके अलावा 'प्रदीपकी' राग का उल्लेख हमें क्षेम कर्ण की 'रागमाला' में भी दिखाई पड़ता है। क्षेमकर्ण जी का मत है की प्रदीपकी' राग 'दीपक राग की एक रागीनी है तथा वे इसका वर्णन वह इस प्रकार करता है।

रक्तांवर सक्तसुलोचन व सूर्य प्रभा सूर्यकुखी मनोज्ञा।

कांते समीप कमनी यकण्ठा प्रदीपकी दीपक
रागीणीयम्।।

धैवतां शग्रहन्यासा ऋषभ स्वर वर्जिता।

तृतीय यामें दिवसे प्रदीपा सा प्रगीयते।।[2]

ध नि सा ग म प सा सा प म ग सा ध नि ध सा ग सा ध।

पलासी धानिसंयुक्ता जयंत श्रीश्च मिश्रिता।

प्रदीपा जायते विद्वन् तृतीयप्रहरात्परम्।।

इसी प्रकार जयपुर के ग्रन्थ 'संगीत सार में भी प्रदीपकी का उल्लेख मिलता है। उन्होने प्रदीपकी की जगह परदीपकी' कहा है और इस प्रकार उसका उल्लेख किया है। "शिवजी ने उन रागन में सो विभाग करिये को अपने मुखयी काफी संकीर्ण धनाश्री गाय के बाकि 'परदीपकी' नाम कीनो" आगे उसका चित्रण इस प्रकार करके कहते है- "शास्त्र में तो यह सात स्वरन में गाई है। नि रि ग म प ध नि यातें सम्पूर्ण है। याको दिन के तीसरे प्रहर में गवानी यह तो या को वरक्त है और दोपहर उपरान्त चाहे तो गावो याकी आलाप चारी

---

1 वि० ना० भातखण्डे कृत 'भातखण्डे संगीत शास्त्र' भाग-4 पृ० 135

2 वि० ना० भातखण्डे कृत 'भातखण्डे संगीत शास्त्र' भाग-4 पृ० 136

सात सुरन में किये रागनी करते। "प्ररदीपिकी रागनी सम्पूर्ण" नि, सा, प ध प, म ग, म, प, सा ग, सा रे सा।[1]

इस प्रकार कुछ संगीत ग्रन्थों में राग 'प्रदीपकी' का उल्लेख मिलता है।

आधुनिक समय में 'प्रदीपकी' राग को 'पटदीपकी' राग नाम से भी पुकारा जाता है। 'प्रदीपकी' राग को काफी थाट से उत्पन्न माना गाया है। इसमें दोनों गंधारों का प्रयोग तथा कोमल निषाद का प्रयोग होता है तथा सभी अन्य स्वर शुद्ध लगते हैं। आरोह में रिषभ और धैवत वर्जित माने गए हैं और अवरोह में सातों स्वरों का प्रयोग होता है। इसलिए इसकी जाति औढव-सम्पूर्ण मानी गई है। षड़ज स्वर इसका वादी स्वर माना गया है तथा मध्यम स्वर संवादी स्वर का माना गया है । परन्तु इसके वादी-संवादी स्वरों के विषय में विद्धानों के आपस में मतभेद हैं। कुछ विद्धान मध्यम स्वर को वादी मानते हैं तथा कुछ लोग षड़ज पंचम संवाद मानते हैं। 'प्रदीपकी' राग का गायन समय दिन का तृतीय प्रहर है।

'प्रदीपकी' राग भीमपलासी अंग से गाया जाता है। साधारणत्य इसमें दोनों गंधारो का प्रयोग होता है आरोह में शुद्ध और अवरोह में कोमल गन्धार का प्रयोग होता है। कभी-कभी इस राग में शुद्ध निषाद का प्रयोग विवादी स्वर के नाते करते हैं इससे मिलते जुलते राग धनाश्री, हंसककणी और भीमपलासी है किन्तु प्रदीपकी में रिषभ की दुर्बलता से, मध्यम का मुक्त रूप से न्यास के साथ लगाव तथा शुद्ध गंधार के प्रयोग से ये सभी राग इस से अलग हो जाते हैं। मंद्र और मध्य सप्तक में इस राग का विस्तार अधिक होता है। मध्यम स्वर पर विश्रान्ति होने से इस राग से 'हंसकिंकणी' राग भिन्न हो जाता है।[2]

कुछ विद्धानों का यह मत है कि 'प्रदीपकी राग भीमपलासी और हंसकिंकणी रागों के मिश्रण से गना है। पं० भारतखण्डे जी के अनुसार यह राग बिल्कुल साधारण राग है। इसको धनाश्री राग से पृथक रखने में सावधान

---

1 वि० ना० भातखण्डे कृत 'भातखण्डे संगीत शास्त्र' भाग-4 पृ० 141

2 पं० गणेश प्रसाद कृत 'संगीत प्रवीण' पृ० 210

रहने की आवश्यकता है। धनाश्री और भीमपलासी राग प्रदीपकी राग से मिलते-जुलते राग हैं। 'प्रदीपकी' राग के सबसे नजदीकी वाला राग हंसकिंकणी भी है। हंसकिंकणी में पंचम वादी व प्रदीपकी राग में मध्यम वादी है। इस भेद से भी यह राग पृथक होंगे। धनाश्री राग के विस्तार में "ग म म, म, ग रे सा, प, ग, म प ग, प ग, रे सा।" ऐसे दुकड़े बीच में लिए जाएं तो यही होगा एवं "सा, ग म, प म, नि सा ग, म, नि ध प, ग, म, म ग रे सा" ऐसे टुकड़े लिए गए तो राग 'प्रदीपकी' होगा।

प्रदीपकी राग का स्वरूप इस प्रकार है।

आरोह- नि सा ग म प नि सां

अवरोह- सां नि ध प म ग रे सा

5.2 राग प्रदीपकी की स्वरलिपि

प्रदीपकी

बड़ा ख्याल- त्रिताल (विलंबित)

बंदिश

स्थायी-

चैन न आवे उनके बिना,

जिया घबरावत रैन दिना।

अन्तरा-

कब आवेंगे समझत ना,

कैसे करूँ कछु सूझत ना।[1]

स्थायी

3				x				2				0			
नि॒सा	ग॒म	रे	सा	नि	ध	प	-	नि॒म	प़	नि॒	नि॒	नि॒	सा	-	नि॒सा
चैऽ	ऽऽ	न	न	आ	ऽ	वे	ऽ	ऽऽ	प	के	ऽ	वि	ना	ऽ	ऽऽ
नि॒	सा	ग	ग	म	-	ग,	मप	प	प	म	ग	म	ग॒	रे	सा
णि	या	घ	ब	रा	ऽ	ऽ,	वत	रै	ऽ	न	दि	ना	ऽ	ऽ	ऽ

---

1 नारायणप्रभाग-3, पृ० 75, 76

अन्तरा

म	प	नि	-	सां	-	सां	-	नि	नि	सां	ग	रें	सां	निध	प
क	ब	आ	ऽ	वें	ऽ	गें	ऽ	स	म	झ	त	ना	ऽ	ऽऽ	ऽ
सां	नि	ध	प	ध	प	ग	म	सा	ग	म	प	प	मग	मग	रेसा
कै	ऽ	से	क	रूं	ऽ	क	छु	सू	ऽ	झ	त	ना	ऽऽ	ऽऽ	ऽऽ
3				x				2				0			

प्रदीपकी
बड़ा-ख्याल - तिलवाड़ा (विलंबित)
बंदिश

स्थाई-

पिया घर नाहीं कैसे के धीरज

धरिये पिया।

अन्तरा-

उमंगे जीवन विरह सतावे,

रैन दिन मो पे भारी।

स्थाई

3	x	2	0
[सा]निसा मग रे सा	[प]नि ध़ प़ -	[प]नि [नि]म प [सा]नि[सा]नि	[प]नि सा सा निसा
पिऽ ऽऽ या ऽ	घ ऽ र ऽ	ना ऽ ऽ ऽऽ	ऽ ऽ हीं ऽऽ
[रे]नि सासा [म]ग [रे]ग	[ग]म - ग मप	[म]प [म]प म ग	म ग रे सानिसा
कै ऽसे के ऽ	थी ऽ ऽ रज	ध रि ऽ ऽ	ऽ ऽ ये ऽऽऽ
म ग रे सा			
पि ऽ या ऽ			

अन्तरा

3	x	2	0
नि[सा] सा ग[म] म	[म]प प प प	[प]नि पम गसा गम	[म]प मग मग रेसा
उ मं गे ऽ	जो ऽ व ’ न	नि रऽ हाऽ ऽस	ता ऽऽ ऽऽ वेऽ
निनि मप़ निसा सासा	नि सा ग -	सा ग म प	प मग मग रेसा
रेऽ नऽ ऽऽ दिन	मो ऽ पे ऽ	भा ऽ ऽ ऽ	ऽ ऽऽ ऽऽ रीऽ

राग प्रदीपकी
छोटा ख्याल- तीन ताल- मध्यलय
बंदिश

स्थाई-

पिया मोरे आये, आज मोरे द्वार

करूँगी सालाहूं सिंगार

अन्तरा-

डारूँगी अब तो उनके,

गले मोतियन को हार।[1]

---

1 संगीत प्रवीण दशिका, भाग-3, पृ० 76, 77

स्थाई

3				x				2				0			
म	ग	रे	सा	नि	ध	प	-	म	प	नि	नि	सा	-	-	सा
पि	या	मो	रे	आ	ऽ	ये	ऽ	आ	ज	मो	रे	द्वा	ऽ	ऽ	र
नि	सा	रेग	ग	म	ग	म	प	प	प	म	ग	म	ग	रे	सा
क	रूं	गी	ऽ	सो	ल	हूं	सिं	गा	ऽ	ऽ	ऽ	ऽ	ऽ	ऽ	र

अन्तरा

म	म	नि	-	सां	-	सां	-	सां	गं	रें	सां	नि	ध	प	-
डा	ऽ	रूं	ऽ	गी	ऽ	में	ऽ	अ	ब	तो	ऽ	उ	न	के	ऽ
नि	सा	ग	रेग	म	ग	म	प	प	मप	म	ग	म	ग	रे	सा
ग	ले	मो	तिऽ	य	न	को	ऽ	हा	ऽऽ	ऽ	ऽ	ऽ	ऽ	ऽ	र
3				x				2				0			

प्रदीपकी
छोटा ख्याल - तीन ताल
बंदिश

स्थायी-

तोरी मुरलिया काहै भरमाई

मधुर सुरन की कैसी तान सुनाई।

अन्तरा-

ना कछु सूझत न कछु बूझत

तनम न की सुध बिसराई।[1]

---

1 पं० रामकृष्ण व्यास कृत 'राग प्रवीण', भाग 2, पृ० 106 107

स्थायी

3				x				2				0			
धप	म	म	ग	म	-	म	धप	गम	-	म	ग	रे	सा	सा	-
रीऽ	म	र	ली	या	ऽ	का	ऽऽ	हैऽ	ऽ	भ	र	मा	ऽ	ई	ऽ
म	म	पनि	प	सा	सा	निसां	गं	सां	निसां	निध	मप	म	गरे	स	म
म	धु	रऽ	सु	र	न	कीऽ	कै	ऽ	सीऽ	ताऽ	नऽ	सु	नाऽ	ई	तों

अन्तरा

प	नि	प	प	सां	-	सां	सां	सा	गं	गं	मं	गं	रे	सां	सां
ना	ऽ	क	छु	सू	ऽ	झ	त	ना	ऽ	क	छू	बू	ऽ	झ	त
ध	सां	नि	ध	प	-	सा	ग	म	प	सा	म	ग	रे	सा	म
त	न	म	न	की	ऽ	सु	ऽ	ऽ	ध	वि	ऽ	स	रा	ई	तो
3				x				2				0			

5.3 राग मलुहा केदार की ऐतिहासिक पृष्ठभूमि व सामान्य परिचय

ठाठ विलावल में जबहिं, चढ़ते रिध कोटार

सम वादी-संवादी सों, कह मलुहा केदार।[1]

मलुहा केदार के नाम से ही स्पष्ट है कि यह केदार का एक प्रकार है। केदार के इस प्रकार में जो 'मलुहा' शब्द लगा हुआ है इसका कोई खास अभिप्राय नहीं है। वस्तुतः मिश्र राग का नाकमरण करते समय या तो दोनों मिश्रण वाले रागों का ही नाम जोड़ दिया जाता है। यथा जयन्त मल्हार, बसंत बहार आदि अन्यथा मुख्य राग के पहले कोई विशेष नाम जोड़ दिया जाता है जैसे आनंद भैरव, शिवमत भैरव, या यदि दो से अधिक रागों का मिश्रण है तो कोई विशेष नाम ही रख लिया जाता है। यथा खट, चन्द्रचन्दन, सरस्वती इत्यादि यहाँ पर इसी प्रकार केदार के पहले मलुहा शब्द का कोई प्रयोजन नहीं है। यह किसी व्यक्ति के नाम गाँव या प्रांत से भी सम्बन्धित हो सकता है।[2]

'मलुहा केदार' राग एक अप्रचलित राग है। यह राग 'केदार' का ही एक प्रकार है। इसे विलावल थाट के अन्तर्गत माना गया है। इसके आरोह में रिषभ स्वर तथा धैवत स्वर वर्जित किए जाते हैं। अतः इसके आरोह में केवल पांच ही स्वरों का प्रयोग होता है। इसलिए इस राग की जाति औडव-सम्पूर्ण मानी गई है। इस राग का वादी स्वर षड़ज और संवादी स्वर मध्यम माना जाता है। इस राग के गायन का समय रात्रि का प्रथम प्रहर माना गया है।

"मलुहा केदार" राग कई रोगों के मिश्रण से बना है। इस राग में केदार राग, कामोद और शाम कल्याण इन तीनों रागों के मिश्रण से इस राग की

---

1 वसन्त कृत 'रागकोष' पृ० 10

2 पं० रामाश्रय झा कृत 'अभिनय गीतांजली' पृ० 109

उत्पत्ति हुई है। इसलिए इन तीनों रागों की छाया राग "मलुहा केदार" में आती है। स म, ध प म, और रे सा ध प म 'केदार' की छाया का आभास कराते हैं। और 'म प नि सां, रे नि सा, स्वर संगति से राग 'शाम' का आभास होता है। और "जब ग म प, ग म रे सा स्वर संगति आती है तो कामोद राग का आभास होता है। 'मलुहा केदार' राग का प्रत्येक आलाप 'कामोद' के स्वरों से समाप्त होता है।

यह एक पूर्वांग प्रधान राग है। इस राग का विस्तार विशेष रूप से मंद्र और मध्य सप्तकों में होता है। पंचम के साथ तीव्र मध्यम का अल्प प्रयोग किया जाता है। जैसे- म प, ध प म, ग म प, ग म रे सा परन्तु राग 'मलुहा केदार' में तीव्र मध्यम स्वर आवश्यक स्वर नहीं है। यह राग एक गम्भीर प्रकृति का राग है। इसके मंद्र और मध्य सप्तकों में इस राग की विलम्बित बढ़त की जाती है। आरोह में निषाद अल्प तथा गन्धार वक्र प्रयोग किया जाता है। जैसे सां ऽ ध प म, ग म प, ग म रे सा। इस राग की सुन्दरता बढ़ाने के लिए कभी-कभी विवादी स्वर के नाते केदार, हमीर, कामोद आदि के समान अवरोह में कोमल निषाद का अल्प प्रयोग करते हैं। परन्तु कुछ गायक इसका प्रयोग बिल्कुल नहीं करते हैं।

मतभेद

"मलुहा केदार' राग की जाति के विषय में विद्धानों में कुछ मतभेद हैं। कुछ विद्धान इस राग के आरोह में केवल रिषभ वर्जित करते हैं। और इस राग की जाति षाड़व सम्पूर्ण मानते है। और कुछ विद्धान इसके आरोह तथा अवरोह सम्पूर्ण मानते है अर्थात इस राग की जाति सम्पूर्ण सम्पूर्ण मानते हैं। इन सभी विद्धानों ने चाहे "माकेदार राम की जाति पाव-सम्पूर्ण मानी हो या सम्पूर्ण सम्पूर्ण मानी हो परन्तु सभी विद्धानों ने इस राग के आरोह में रिषभ और धैवत स्वर को दुर्बल माना है। वास्तव में इस राग का चलन देखने से यह पता चलता है कि रिषभ स्वर तो पूर्णतय वर्ज्य है। यथा धैवत स्वर का अल्प प्रयोग 'केदार'

राग दिखाते समय किया जाता है हमेशा नहीं। कुछ विद्धानों ने आरोह की संख्या में धैवत जोड़ दिया है और कुछ विद्धानों ने नहीं जोड़ा है। अतः इसलिए कुछ विद्धानों ने इस राग की जाति औड़व-सम्पूर्ण मानी है और कुछ विद्धानों ने षाड़व सम्पूर्ण जाति मानी है।[1]

विद्धानों में इस राग के वादी संवादी स्वरों के विषयों में कुछ मतभेद है। कुछ विद्धानों ने षाड़व व पंचम को वादी संवादी मानते हैं तो कुछ विद्धान पंचम-षड़ज को वादी संवादी मानते हैं मलुहा केदार' राग 'केदार' का ही एक प्रकार है अतः इसमें 'केदार' राग का अंग आता है और वह अंग आना भी चाहिए। इसी कारण मध्यम स्वर का बड़ा महत्व है। पंचम स्वर की अपेक्षा मध्यम का महत्व कम कर देने से 'केदार' राग का अंश उतना नहीं आ पाएगा जितना आना चाहिए। दूसरे यह पूर्वांग प्रधान राग है। समय की दृष्टि से और चलन की दृष्टि से भी अतः इससे षड़ज को वादी और मध्यम स्वर को संवादी माना जाना उचित है। 'सम प' इसके न्यास के स्वर है। 'मलुहा केदार' राग के समप्राकृतिकः राग केदार और कामोद है। 'मलुहा केदार' राग का स्वरूप इस प्रकार है।

आरोह- नि सा, ग म प, नि सा

अवरोह- सां रें सां, नि ध प, ग म प, ग म रे सा

'मलुहा केदार' राग को दूसरे प्रकार से भी गाया बजाया जाता है। उस राग का स्वरूप इस प्रकार है-

थाट- विलावल

जाति- सम्पूर्ण-सम्पूर्ण

वादी- मध्यम

संवादी- षड़ज

समय- रात्रि का दूसरा पहर

आरोह- सा म ग म रे ग म ध प नि सां

---

1 श्री वास्तव कृत 'राग परिचय', भाग-4, पृ० 116

अवरोह- सा नि ध प म ग म रे सा

पकड़- सा ध़ प़ म़ प़ सा, म ग म रे सा

5.4 राग मलुहा केदार की स्वरलिपि

मलुहा केदार

बड़ा-ख्याल- झूमरा (विलम्बित)

बंदिश

स्थायी-

अब मोरी माई मन मेरो लागो

साँवरे सों निस दिन चैन न आये।

अन्तरा-

ब्रज की नारी भई दुखियारी

'रामरंग' जा दिन ते ब्रज राज सिधाये।[1]

1 पं० रामाश्रय झा कृत 'अभिनव गीतांजली' पृ० 114

स्थायी

3				x			2				0		
-प	मग	म	रेसा	सा	नि़	सारे	सा	-रे	सा	ध़प़	म़	प़	म़प़
ऽअ	वऽ	ऽ	मोरी	मा	ऽ	ऽऽ	ई	ऽम	न	मेरो	ला	ऽ	ऽऽ
नि़	सा	नि़	सारे	सा	-	नि़सा	म	ग	म	रे	सा	-	नि़सा
ऽ	ऽ	ऽ	ऽऽ	गो	ऽ	ऽसाँ	व	ऽ	ऽ	रे	सौं	ऽ	ऽनि
म	-	प	प	ध	म	पप	म	ग	मपगम	रे	सा	नि़^{ध}	सा
स	ऽ	दि	न	चै	ऽ	नन	आ	ऽ	ऽऽऽऽ	ऽ	ये	ऽ	ऽ

अन्तरा

-	-	पप	सांसां	सां	-रें	सां	-सां	सां	धप	म	रेसा	सा,मग	पप
ऽ	ऽ	व्रज	कीऽ	ना	ऽऽ	री	ऽभ	ई	दुखि	या	रीऽ	रा,मऽ	रंग

सांनि	धप	म	पप	ध	म	प(प)	म	ग	मपगम	रे	सा	नि़^{ध}	सा
जाऽ	दिन	ते	व्रज	रा	ऽ	जसि	था	ऽ	ऽऽऽऽ	ऽ	ये	ऽ	ऽ
3				x			2				0		

माकेदार
छोटा-ख्याल -मिताल (मध्य लय)
बंदिश

स्थायी-

अरी मोरी आली कैसे के

धीरज धरिये, पिया बिन।

अन्तरा-

परदेस बालम कौन गुन छाये,

'राग रंग' अजहूँ न आये।[1]

[1] पं० रामाश्रय झा कृत 'अभिनय गीतांजली' पृ० 114

स्थायी

^(सा)अ

^(ध)नि़	सा	रे	सा	सा	-	-	-	^(नि)ध़	प़	ध़	म़	प़	नि़	-	सा
री	मो	ऽ	री	आ	ऽ	ऽ	ऽ	ऽ	ऽ	ऽ	ऽ	ऽ	ली	ऽ	के
-	म	-	प	म	-	-	-	ग	-	मप	गम	रे	सा	-	सा
ऽ	से	ऽ	कै	थी	ऽ	ऽ	ऽ	ऽ	ऽ	ऽऽ	ऽऽ	र	ज	ऽ	ध
मग	प	-	रें	सां	-	-	सां	^(नि)ध	प	पम	धप	म	-रे	-	सा
रिऽ	ये	ऽ	पि	या	ऽ	ऽ	ऽ	ऽ	ऽ	ऽऽ	ऽऽ	वि	ऽन	ऽ,	अ
3				x				2				0			

अन्तरा

प	सां	-	सां	सां	-	-	-	नि	-	-	सां	रें	सां	-	सां
र	दे	ऽ	स	वा	ऽ	ऽ	ऽ	ऽ	ऽ	ऽ	ऽ	ल	म	ऽ	कौ
सां	प	-	प	म	-	-	-	ग	-	मप	गम	रे	सा	-	सा
न	गु	ऽ	न	छा	ऽ	ऽ	ऽ	ऽ	ऽ	ऽऽ	ऽऽ	ऽ	ये	ऽ	रा
मग	प	-	प	सां	सां	-	प	-	(प)	म	ग	म	रे	-,	सा
मऽ	र	ऽ	गं	अ	ज	ऽ	हूँ	ऽ	न	आ	ऽ	ऽ	ये	ऽ,	अ
3				x				2				0			

मलुहा केदार
छोटा ख्याल- तीन ताल-मध्य लय
बंदिश

स्थाई-

मलुहा केदार चतुर सुनावत

संपूरस्न सुर शुद्ध लगावत।

अन्तरा-

सप संवादी अधनि तरोहण

कामोदि सुंमे लन के दारि पावत।

स्थाई

3				x				2				0			
सा	प़	म़	म़	प़	-	-	प़	प़	नि़	सा	सा	रे	-	नि	सा
म	लु	हा	के	दा	ऽ	ऽ	र	च	तु	र	सु	ना	ऽ	व	त
सा	-	ग	-	ग	ग	म	रे	ग	म̇	प	ग	म	रे	नि़	सा
सं	ऽ	पू	र	र	न	सु	र	शु	ऽ	द्ध	ल	गा	ऽ	व	त

अन्तरा

3				x				2				0			
प	प	सां	सां	सा	-	सां	-	प	नि	सां	रें	सां	नि	ध	प
स	प	सं	ऽ	वा	ऽ	दी	ऽ	अ	ध	नि	त	रो	ऽ	ह	ण
ग	म	प	ग	म	रे	नि़	सा	सा	मग	प	धप	म	रे	नि़	सा
का	मो	दि	सुं	मे	ऽ	ल	न	के	ऽऽ	दा	रिऽ	पा	ऽ	व	त

5.5 राग देवगंधार की ऐतिहासिक पृष्ठभूमि व सामान्य परिचय

निगाधा कोमल सुर कहै, चढ़ते रिध को टार

धग वादी-संवादी सों, राग देव गंधार।[1]

देवगंधार राग एक प्राचीन राग नहीं है क्योंकि इसका उल्लेख प्राचीन ग्रन्थों में नहीं मिलता है। देवगंधार राग को प्रचलित रागों की श्रेणी में नहीं रखा जाता है। क्योंकि यह एक अप्रसिद्ध रागों में से एक राग है। आजकल इस राग का प्रचार कम ही देखने को मिलता है। "देवगंधार का प्राचीन नाम यह नहीं अपितु द्धिगंधार था। किन्तु आजकल द्धि के स्थान पर देव का प्रयोग हो गया है। जिससे यह राग 'दिगंधार ये आज 'देवगन्धार' बन चुका है।[2]

देवगंधार राग को आसावरी थाट का राग माना गया है। इसके आरोह में रिषभ तथा धैवत स्वर वर्जित किए जाते हैं और अवरोह में सातों स्वरों का प्रयोग किया जाता है। इसलिए इसकी जाति औड़व सम्पूर्ण मानी गई है। इस राग का वादी स्वर गंधार व संवादी स्वर धैवत माना गया है। इस राग के गाने का समय प्रात काल है। इस राग के पूर्वांग में 'धनाश्री' और उतरांग में 'जौनपूरी' राग है। इसमें धैवत और निषाद स्वर कोमल प्रयोग होते हैं तथा दोनों गंधारों का प्रयोग किया जाता है। बाकि स्वर इसमें शुद्ध प्रयोग होते हैं। कोमल गंधार का प्रयोग आरोह में किया जाता है।

यह एक उतरांग प्रधान राग है इसका विस्तार मध्य तथा तार सप्तक में अधिक किया जाता है। इस राग में कोमल गंधार तथा रिषभ का प्रयोग करते समय गंधार के साथ मध्यम का तथा रिषभ के साथ षड़ज का स्पर्श अनिवार्य है। कुछ विद्धान इस राग में पंचम स्वर को वादी तथा षड़ज को संवादी मानते

---

1 वसन्त कृत 'रागकोश', पृ० 8

2 प्रो० हरिशचन्द्र श्रीवास्तव, 'राग परिचय' भाग चार, पृ० 35

हैं। इस राग में षड़ज, गांधार और गंधार (कोमल) पर न्यास किया जाता है। इस राग में जोनपूरी की छाया भी आती है। इस राग में शुद्ध गंधार के प्रयोग से समप्रकृतिक रागों की छाया दूर हो जाती है। इस राग में दोनों गंधारों का प्रयोग इस प्रकार किया जाता है।

ध म, प नि ध, प, ध म प ग, रे, प प ग, रे, ग सा, नि सा सा रे ग म, प ग, रे, ग सा।

देव गन्धार राग का चलन इस प्रकार है म प, प, ध प सा नि नि सा रें सां, नि ध, प, ध प, ग म प, रे सा, नि ध प, ध प ग रे सा।

देवगंधार राग का यह प्रकार आधुनिक समय में कम ही गाया बजाया जाता है। अर्थात युं कहें तो गलत न होगा कि लगभग समाप्त ही हो गया है कि आजकल जो देवगंधार राग प्रचार में है अर्थात जिस देवगंधार का प्रयोग आधुनिक समय में किया जाता है। वह देव गंधार का दूसरा प्रकार है जिसका स्वरुप इस प्रकार है।

इस देवगंधार को भी आसावरी थाट का ही माना जाता है। इस राग में दोनों गंधार प्रयोग किये जाते हैं धैवत व निषाद कोमल तथा अन्य सभी स्वर शुद्ध प्रयोग किये जाते हैं। कुछ विद्वान इसे भैरवी और काफी थाट के अन्तर्गत भी मानते हैं। लेकिन तार्किक दृष्टि से आज के प्रचलित देव गन्धारी राग को अधिकत्तर विद्वानों ने आसावरी थाट के ही अन्तर्गत माना गया है। इस राग की जाति षाड़व-सम्पूर्ण मानी गई है। इसके आरोह में गंधार स्वर को वर्जित किया जाता है तथा अवरोह में सातों स्वरों का प्रयोग होता है। इस राग का गायन समय दिन का दूसरा प्रहर है क्योंकि यह एक उत्तरांग प्रधान राग है तथा उतरांग वादी राग है और आसावरी अंग का ही राग है इस दृष्टि से इस राग का गायन आसावरी राग व गंधारी राग की भान्ति दिन का दूसरा प्रहर रखा गया है। इस राग के वादी व संवादी स्वरों के विषय में मतभेद है। एक उतरांग वादी राग होने के कारण इसमें धैवत व पंचम दो महत्वपूर्ण स्वर है इस दृष्टि से धैवत स्वर को वादी व कोमल गंधार को संवादी स्वर माना गया है। इस राग का आरोह व अवरोह इस प्रकार माना गया है।

आरोह- सा रे म प, <u>ध</u> <u>नि</u>, <u>नि</u> सां

अवरोह- सां <u>नि</u> ध, प, ध म प <u>ग</u>, रे ग म, प <u>ग</u>, रे सा

इस राग का चलन इस प्रकार है। सा, <u>नी</u>, <u>नी</u>, सा। सा, रे म प, म <u>ग</u> ऽ रे, <u>ग</u> म प ग ऽ सा रे सा। म प <u>ध</u> ऽ म प, <u>नी</u> <u>ध</u> प <u>ध</u> <u>नी</u> सां।

5.6 राग देवगन्धार की स्वरलिपि

राग देवगन्धार

झप ताल (मध्य लय)

बंदिश

स्थाई-

देवगन्धार सब मानत गुनी जन

असावरी को मेल रिध तजत अनुलोम।

अन्तरा-

धैवत करे वादी गन्धार समवादी

राग लच्छन चतुर मानत पुरन विलुम।[1]

---

1 डॉ० लक्ष्मी नारायण गर्ग, 'राग-विशारद', भाग-दो, पृ०

स्थाई

x	2	0	3	x	2	0	3
ग -	प ध -	प सां	सां सां सां	नि -	सां सां रें	सा -	ध - प
दे ऽ	व गाँ ऽ	धा ऽ	र स व	मा ऽ	न त गु	नी ऽ	ज ऽ न
नि प	ग - म	प -	रें - सां	नि प	ग म प	म ग	रे - सा
अ सा	व ऽ रि	को ऽ	मे ऽ ल	रि ध	त ज त	अ नु	लो ऽ म

अन्तरा

म प	ध प प	सां -	सां - सां	नि -	सां - सां	रे सां	ध - प
धै ऽ	व त क	रे ऽ	वा ऽ दि	गां ऽ	था ऽ र	स म	वा ऽ दि
गं -	गं गं -	रें सां	रें सां सां	नि प	ग म प	ग म	ग रे सा
रा ऽ	ग ल ऽ	च्छ न	च तु र	मा ऽ	न त पु	र न	वि लु म
x	2	0	3	x	2	0	3

5.7 राग भीम की ऐतिहासिक पृष्ठभूमि व सामान्य परिचय

राग-भीम

राग भीम अधिक प्राचीन नहीं है क्योंकि इसका कोई प्राचीन शास्त्रीय आधार नहीं मिलता। आज कल यह राग प्रचार में भी नहीं दिखाई पड़ता है। इस राग के विषय में विद्धानों में मतभेद है।[1]

राग भीम की उत्पत्ति काफी थाट से मानी गई है। इसमें दोनों गन्धार, निषाद कोमल, अन्य स्वर शुद्ध लगते है आरोह में रिषभ व धैवत स्वर वर्जित है तथा अवरोह में सातों स्वरों का प्रयोग होता है। इस राग का वादी स्वर षड़ज तथा संवादी पंचम है। इसका गायन समय दिन का तीसरा प्रहर है। इसमें अधिकत्तर तीव्र गन्धार का ही प्रयोग किया जाता है। कोमल गन्धार का प्रयोग केवल तार सप्तक में ही इस प्रकार "ग रें सां नि ध प" किया जाता है।

राग भीम में दो रागों का मिश्रण है, भीमपलासी तथा खम्बावती म प नि ध प, म प नि, प नि सां नि ध प, म प नि, प नि सां, नि सां, गं रें सां नि ध प इत्यादि स्वर समुदाय भीमपलासी के राग भीम में आते है। परन्तु भीम में तीव्र गन्धार प्रयोग होता है जबकि भीमपलासी में कोमल गन्धार लगता है। इसी प्रकार "म म ध म, प ग, सां नि ध प, ध म, प म" यह स्वर समुदाय खम्बावती का राग भीम में भी आता है परन्तु 'खम्बावती में आलाप के अन्त में "ग म सा" यह स्वर समुदाय लिया जाता है। तथा भीम में 'ग रे सा' लिया जाता है। इस प्रकार दोनो अलग हो जाते है।[2]

सर्वश्रेष्ठ षडज के अतिरिक्त भीम राग में रिषभ तथा धैवत का अल्पत्व है। धैवत के लगाव में पंचम का कण तथा रिषभ के लगाव में मध्यम का कण अधिकत्तर प्रयोग होता है, "सा नि[प] ध प, म प म प ग रे[म] सा।" शुद्ध गन्धार, "सा ग म प, म प ग, म प नि ध प, ध म प ग नि सा प नि सां" इत्यादि प्रयोग

---

1 पं० गणेश प्रसाद कृत 'राग प्रवीण' पृ० 45

2 पं० नारायण लक्ष्मण गुणे कृत 'संगीत प्रवीण' दर्शिका भाग-3, पृ० 79

में न्यास युक्त ही दृष्टव्य होता है। कभी-कभी 'ग म रे सा' इस प्रकार चक्र प्रयोग भी दिखता है। मध्यम का आरोह में सरल प्रयोग तथा अवरोह में अधिकत्तर 'प ग' की संगति में लपन या 'प ग म' स्वर संगति के लगाव में अनाभ्यास या लंघन अल्पत्व का स्थान ग्रहण किये हुये है। पंचम स्वर भीम राग में वादी स्वर के अतिरिक्त सम्पूर्ण न्यास का स्वर है। जैसे ग म प, ध म प ग, सा ग म प सां, नि नि ध प इत्यादि। इस राग में निषाद आरोह में, अवरोह में बहुत्व के रूप में प्रयोग होता है। अर्थात न्यास युक्त न होने पर भी आरोह-अवरोह में यह स्वर मुख्य रूप से प्रयोग होता है। जैसे, सां नि[सां] नि[सां] ध प, ग म प नि, प नि सां, प नि सां रें नि सां, नि s नि s, प नि सां, नि ध प।" इस प्रकार अपने नियमों व श्रुति मधुर होने के कारण यह राग अपनी अस्तित्व बनाए हुए है। इस राग का आरोह तथा अवरोह इस प्रकार है-

आरोह- नि सा ग, म प, नि सां

अवरोह- सां नि ध प, ध म, प ग, रे सा

मुख्य स्वर समुदाय- नि सा ग, म प नि, प नि, सां नि ध, ध म, प ग, रे सा। भीम राग का दुसरा प्रकार अधिक प्रचार में है। इसका स्वरूप इस प्रकार है।[1]

इसे खमाज थाट से उत्पन्न माना गया है। इसमें गन्धार व निषाद स्वर कोमल तथा अन्य स्वर शुद्ध प्रयोग होते है। आरोह में रिषभ व धैवत वर्जित किये जाते है तथा अवरोह में सातों स्वरों का प्रयोग किया जाता है। इसलिए इसकी जाति औड़व-सम्पूर्ण मानी गई है। इसका वादी स्वर पंचम तथा संवादी स्वर षडज है।

इसका गायन समय दिन का द्वितीय प्रहर है पहज तथा पंथम पर न्यास किया जाता है।

आरोह- सा ग म प, नि सां

अवरोह- सां नि ध प, म ग सा

---

1 पं० रामाश्रय कृत 'अभिनय गीतांजली' पृ० 152

मुख्य स्वर समूह- प ग म प नि ध प, ग म ग नि सा।

5.8 राग भीम की स्वरलिपि

राग भीम

बडा ख्याल- एक ताल (विलंबित)

बंदिश

स्थायी-

साचि बताओ, अपने मन की

बात, बालमुवा।

अन्तरा-

सोच विचार कछु न करत हो,

ये तो कहाँ के ढंगवा।[1]

---

1 पं० नारायण लक्ष्मण गुणे कृत 'राग प्रवीण दर्शन भाग-3, पृ० 80

स्थायी

प$^{\text{सां}}$नि़	प,नि़$^{\text{सां}}$सां	थ	-	प	-	मपपध	-म	प	गम	रे	रे
साऽ	ऽ,चिव	ता	ऽ	वो	ऽ	अऽपऽ	ऽऽ	ने	ऽऽ	म	न
सा	-	$^{\text{सा}}$नि	सासा	$^{\text{सा}}$नि	-	पनिसारेनिसारेसा	नि	थ	प	-	धम
की	ऽ	वा	ऽत	बा	ऽ	लऽऽऽऽऽऽऽऽ	मु	वा	ऽ	ऽ	ऽऽ
4		x		0		2		0		3	

अन्तरा

थ	मप	सां	-	निसां	सां	सां	नि	सां	गं	रें	सां
सो	चबि	चा	ऽ	ऽऽ	र	क	छु	न	क	र	त
निध	ध	धप	मप	ग	रेसा	पनि	-	पनिसारेंनिसारेंसां	नि	धप	पधम
होऽ	ऽ	ये	तोक	हां	केऽ	ढंग	ऽ	वाऽऽऽऽऽऽऽऽ	ऽ	ऽऽ	ऽऽ
4		x		0		2		0		3	

छोटा ख्याल तीन ताल
भीम राग
बंदिश

स्थायी-

मानत नांही श्याम कन्हैया।

विनती करत मैं हारी हारी।

अन्तरा-

डगर चलत मोरी बांह मरोरत।

हारी हारी वृज की गुजरिया।[1]

[1] पं० राम कृष्ण व्यास कृत 'राग प्रवीण' भाग-2, पृ० 93, 94

स्थायी

0				3				x				2			
ग	म	प	सां	नि	ध	प	-	म	़प	ग	म	रे	-	सा	-
मा	ऽ	न	त	ना	ऽ	हीं	ऽ	श्या	ऽ	म	क	न्है	ऽ	या	ऽ
नि	नि	सा	सा	ग	म	प	-	प	नि	सां	गं	रें	सा	निध	पम
वि	न	ती	क	र	मैं	ऽ	हा	ऽ	री	ऽ	हा	ऽ	रीऽ	ऽऽ	

अन्तरा

ग	म	प	नि	सां	सां	सां	सां	प	नि	सां	गं	रें	-	सां	सां
ड	ग	र	च	ल	त	मो	रि	वां	ऽ	ह	म	रो	ऽ	र	त
गं	मं	पं	गं	मं	रें	सां	सां	प	नि	सां	गं	रेंसां	निध	मपप	
हा	ऽ	री	ऽ	हा	ऽ	री	ऽ	वृ	ज	की	गु	जऽ	रीऽ	याऽ	ऽ
0				3				x				2			

अध्याय-६

आरोहात्मक रे, ध वर्जित सभी 13 रागों का तुलनात्मक अध्ययन

6.1 राग विहाग व मारु विहाक का तुलनात्मक अध्ययन

"विहाग राग में कल्याण, विलावल तथा मारु बिहाग की छाया आती है। मारु बिहाग बिहाग का समप्राकृतिक राग भी माना जाता है। क्योंकि यह भी विहाग अंग का राग है। इन दोनों रागों का तुलनात्मक अध्ययन इस प्रकार है।"

विहाग व मारु विहाग की समान्ताएं

(1) दोनों रागों की जाति औड़व-सम्पूर्ण है।

(2) दोनों रागों के आरोह में रिषभ व धैवत स्वर वर्जित किये जाते है।

(3) दोनों रागों का अवरोह सम्पूर्ण है अर्थात् अवरोह में दोनों रागों में सातों स्वर प्रयोग होते है।

(4) दोनों रागों के वादी तथा संवादी स्वर समान है अर्थात् दोनों रागों का वादी स्वर गंधार तथा संवादी स्वर निषाद है।

(5) दोनों रागों का गायन समय रात का दूसरा प्रहर है।

(6) दोनों रागों में दोनों मध्यमों अर्थात् शुद्ध व तीव्र मध्यम का प्रयोग किया जाता है।

विहाग व मारू विहाग राग की असमान्ताएं

(1) विहाग राग की उत्पत्ति विलावल थाट से मानी गई है। जबकि मारू विहाग राग की उत्पत्ति कल्याण थाट से मानी गई है।

(2) विहाग राग में तीव्र मध्यम को प्रयोग दो पच्चमों के बीच किया जाता है जैसे 'प म प' अर्थात शुद्ध मध्यम का प्रयोग विहाग राग के अल्प प्रयोग किया जाता है। जबकि मारू बिहाग राग में शुद्ध मध्यम का प्रयोग इस प्रकार किया जाता है। "सा म, म ग, म ग रे सा।' इस राग में मध्यम का प्रयोग षड़ज के साथ किया जाता है। सा म। इस राग में तीव्र मध्यम का प्रयोग अधीक होता है।

(3) विहाग राग का स्वरूप इस प्रकार है- नि सा ग म प, म प ग म ग, रे सा। तथा मारू बिहाग का स्वरूप इस प्रकार है। प, म प नि, प ध, म प ग रे सा, रे नि सा म, म ग, म प ग रे, सा।

6.2 राग मुलतानी व तोडी का तुलनात्मक अध्ययन

'मुलतानी राग' एक परमेल प्रवेशक राग है। इस रंगा में कई रागों की छाया आती है। परन्तु 'मुलतानी' राग के सबसे करीब तोड़ी राग है। तोड़ी को ही मुलतानी का सम्प्राकृतिक राग माना जाता है। इन दोनों रागों का तुलनात्मक अध्ययन इस प्रकार है।[1]

मुलतानी व तोड़ी राग की सामान्यताएं

(1) दोनों रागों का जन्म तोड़ी थाट से माना गया है।

1 तोड़ी व मुलतानी राग के तुलनात्मक अध्ययन में विम्नलिखित पुस्तकों का अध्ययन किया गया है।

(1) प० जगदीश नारायण पाठक कृत, 'राग दर्पण' भाग-दो, पृ० 114

(2) प्रो० हरिशचन्द्र श्रीवास्तव कृत 'राग परिचय' भाग-तीन, पृ० 67

(2) दोनों में प्रयोग किये जाने वाले स्वर अर्थात् रे ग ध कोमल तथा म तीव्र प्रयोग होता है।

(3) दोनों रागों में गन्धार पर न्यास किया जाता है।

(4) दोनों रागों का अवरोह सम्पूर्ण है।

(5) दोनों राग यवन कालीन है। प्राचीन ग्रन्थों में इनका उल्लेख नहीं हुआ है।

(6) दोनों गम्भीर प्रकृति के राग है। दोनों में विलम्बित और द्रुत ख्याल समान रूप से शोभित होते है।

तोडी व मुलतानी राग की असमान्ताएं

(1) मुलतानी राग का आरोह ओड़व जाति का है तथा तोड़ी राग का अवरोह सम्पूर्ण जाति का है।

(2) तोड़ी दिन के दूसरे प्रहर में और मुलतानी राग दिन के चौथे प्रहर में गाया जाता है।

(3) तोड़ी राग की शुरूआत षड़ज तथा मुलतानी राग की शुरूआत नि से की जाती है। इसलिए तोड़ी राग में 'सा रे ग' और मुलतानी राग में 'नि सा ग' लेते है।

(4) मुलतानी में 'म ग' की संगति की और तोड़ी राग में रे ग की पुनरावृत्ति होती है।

(5) मुलतानी राग में वादी सवादी 'सा प' है और तोड़ी में 'ध ग' है।

(6) मुलतानी परमेल प्रवेशक राग है और तोड़ी आश्रय राग है।

(7) मुलतानी में जितना अधिक निषाद और पंचम चमकता है, ठीक उतना ही तोड़ी राग में गन्धार और धैवत चमकता है।

(8) मुलतानी राग में ऊपर जाते समय ग म प नि सां और तोड़ी में ग म ध नि सा प्रयोग करते है।

6.3 राग भीमपलासी व वागेश्री राग का तुलनात्मक अध्ययन

भीमपलासी राग में कई रागों की छाया आती है। परन्तु धनाश्री व बागेश्री राग की छाया अधिक रहती है। वागेश्री राग को भीमपलासी राग का समप्राकृतिक राग माना जाता है। इन दोनों रागों का तुलनात्मक अध्ययन इस प्रकार है।[1]

भीमपलासी और वागेश्री राग की समान्ताएं

(1) दोनों ही रागों की उत्पत्ति काफी थाट से मानी गई है।

(2) दोनों ही रागों में प्रयोग किये जाने वाले स्वर अर्थात् गंधार व निषाद स्वर कोमल प्रयोग होते है।

(3) दोनों ही रागों की जाति औड़व सम्पूर्ण है।

(4) दोनों ही रागों के वादी संवादी स्वर समान अर्थात मध्यम व षड़ज है।

(5) दोनों ही रागों में मध्यम एक महत्वपूर्ण स्वर है।

(6) दोनों ही रागो का स्वर विस्तार तीनों सप्तकों में किया जाता है।

(7) 'नि सा म' कि स्वर संगति दोनो ही रागों में ली जाती है।

वागेश्री व भीमपलासी राग की असमानताएं

(1) भीमपलासी राग के अवरोह में रिषभ व धैवत स्वर वर्जित किये जाते है तथा जबकि वागेश्री राग में रिषभ व पंचम वर्जित है।

(2) भीमपलासी राग का गायन समय दिन का तीसरा प्रहर है जबकि बागेश्री राग रात्रि के दूसरे प्रहर में गाया जाता है।

---

[1]भीमपलासी व बागेश्री राग के तुलनात्मक अध्ययन में निम्नलिखित पुस्तकों का अध्ययन किया गया है।

(1) प्रो० हरिशचन्द्र श्रीवास्तव कृत, 'मधुर स्वर लिपि संग्रह' पृ० 141, 58

(2) डा० शारदा मिश्रा कृत 'स्वरांजलि' पृ० 82 83

(3) डॉ० चमल लाल वर्मा कृत, 'संगीत कलश पृ० 118

(3) भीमपलासी उत्तरांग प्रधान राग है। जबकि वागेश्री एक पूर्वांग प्रधान राग है।

(4) बागेश्री राग में 'सा म ग, म ध म की स्वर संगति ली जाति है। जबकि भीमपलासी में 'सा म, ग म प' की स्वर संगति ली जाती है।

(5) भीमपलासी राग में 'प नि़' की स्वर संगति ली जाती है तथा वागेश्री में "ध नि ध" स्वर संगति ली जाती है।

(6) भीमपलासी राग में पंचम एक महत्वपूर्ण स्वर है। जबकि वागेश्री राग में पंचम का अल्प प्रयोग किया जाता है।

(7) भीमपलासी राग का मुख्य स्वर समुह इस प्रकार है रे नि सा म, म प ग म ग रे सा तथा वागेश्री राग का मुख्य स्वर समूह, सा म, ग म, ध नि ध, म प ध ग, म ग रे सा, है।

6.4 राग पटदीप व भीमपलासी का तुलनात्मक अध्ययन

कुछ विद्धानों का मानना है कि 'पट्दीप राग की रचना 'भीमपलासी' राग के कोमल निषाद को शुद्ध करके हुई है। ' पट्दीप' राग के सबसे नजदीक 'भीमपलासी' राग है। इसलिए इसे ही पटदीप राग का सम्प्राकृतिक राग माना जाता है। 'पटदीप' व भीमपलासी राग का तुलनात्मक अध्ययन इस प्रकार है।[1]

दोनों रागों की समान्ताए (पटदीप व भीमपलासी की समानताएँ)

(1) दोनों ही रागों की उत्पति काफी थाट से मानी गई है।

(2) दोनों ही रागों की जाति औड़व सम्पूर्ण है।

---

1 पटदीप व भीमपलासी राग के तुलनात्मक अध्ययन में निम्नलिखित पुस्तकों का अध्ययन किया गया है।

(1) पं० जगदीश नारायण पाठक कृत, 'राग दर्पण' भाग-दो, पृ० 77

(2), पं० रामाश्रय सा कृत 'अभिनव गीतांजली' भाग चार, पृ० 260, 261

(3) प्रो० ररिशचन्द्र श्रीवास्तव कृत 'राग परिचय भाग दो, पृ० 68

(3) दोनों ही रागों में गंधार स्वर कोमल प्रयोग होता है।

(4) दोनों ही रागों के आरोह में रिषभ व धैवत स्वर वर्जित है।

(5) दोनों ही रागों का संवादी स्वर षड़ज है।

(6) दोनों ही राग उत्तरांग प्रधान राग है।

दोनों रागों की असमान्ताएं (पटदीप व भीमपलासी की असमानताएं)

(1) पटदीप राग में निषाद स्वर शुद्ध प्रयोग होता है जबकि 'भीमपलासी' राग में निषाद स्वर कोमल प्रयोग होता है।

(2) 'पटदीप' राग का वादी स्वर पंचम है जबकि 'भीमपलासी' राग का वादी स्वर मध्यम है।

(3) दोनों रागों का गायन समय अलग-अलग है। 'पटदीप' दिन के आखरी प्रहर में गाया जाता है। जबकि भीमपलासी दिन के दूसरे प्रहर में गाया जाता है।

(4) पटदीप राग की मुख्य स्वर संगति यह है- ग॒ म ग॒ रे सा, नि प नि सा ग॒ रे सा। तथा भीमपलासी की मुख्य स्वर संगति यह है। ग॒ म प नि॒ सां, नि॒ ध प, म प ग॒ म ग॒ रे सा।

6.5 राग मधुवन्ती व मुलतानी का तुलनात्मक अध्ययन

मधुवन्ती राग में गई रागों की छाया आती है। परन्तु मुलतानी राग इस राग के सबसे नजदीक है इसलिए मुलतानी राग को मधुवन्ती राग का समप्राकृतिक राग माना जाता है, मधुवन्ती व मुलतानी का तुलनात्मक अध्ययन इस प्रकार है।[1]

---

1 मधुवन्तीव मुलतानी राम के तुलनात्मक अध्ययन में निम्नलिखित पुस्तकों का अध्ययन किया गया। है।

(1) पं० जगदीश नारायण पाठक कृत 'राग दर्पण' भाग-दो, पृ० 114

(2) पं० गणेश प्रसाद शर्मा कृत, 'राग प्रवीण पृ० 24, 25

दोनों रागों की समान्ताएं (मधुवन्ती व मुलतानी की समानताएं)

(1) दोनों रागों की उत्पति तोड़ी थाट से मानी गई है।

(2) दोनों रागों की जाति औड़व सम्पूर्ण मानी गई है।

(3) दोनों ही रागों के आरोह में रिषभ और धैवत स्वर वर्जित माने गए है।

(4) दोनों ही रागों में वादी-संवादी स्वर समान है। अर्थात दोनों रागों में वादी संवादी पंचम व षड़ज है।

(5) दोनों ही रागों में गन्धार कोमल तथा मध्यम तीव्र प्रयोग होता है।

(6) दोनों रागों की शुरूआत निषाद स्वर से कि जाती है।

(7) दोनों रागों का आरोह समान अर्थात् एक जैसा है- सा ग॒ म प नि सा इस प्रकार है।

(8) दोनों ही रागों में गन्धार स्वर पर मध्यम स्वर का कण लिया जाता है।

दोनों रागों की असमान्ताएं (मधुवंती व मुलतानी राग की असमानताएं)

(1) दोनों रागों का गायन समय अलग-अलग है। मुलतानी दिन के चौथे प्रहर में गाया जाता है। जबकि मधुवंती दिन के तीसरे प्रहर में गाया जाता है।

(2) मधुवंती राग में रिषभ व धैवत स्वर शुद्ध प्रयोग होते है। जबकि मुलतानी राग में रिषभ व धैवत स्वर कोमल प्रयोग होते है।

(3) 'मधुवंती' एक आश्रय राग है जबकि मुलतानी परमेल प्रवेशक राग है।

(4) मधुवन्ती राग एक नव निर्मित राग है तथा मुलतानी एक प्राचीन राग है।

(5) मधुवती राग का स्वरूप इस प्रकार है- ऩि सा ग॒, म प, ग॒ म ग॒ रे सा तथा मुलतानी राग का स्वरूप इस प्रकार है ऩि सा म ग॒ प ग रे॒ सा।

---

(3) जब्दे० पत्की कृत, 'अप्रकाशित राग भाग-दो, पृ० 86

(4) श्रीवास्तव कृत, 'राग परिचय' भाग चार, पृ० 26, 27

6.6 राग मारू विहाग व कल्याण का तुलनात्मक अध्ययन

'मारू बिहाग' राग में विलावल व कल्याण राग की छाया सबसे अधिक आती है। कल्याण राग इस राग से काफी मिलता-जुलता राग है इसलिए कल्याण मारू बिहाग का समप्राकृतिक राग भी है। इन दोनों रागों का तुलनात्मक अध्ययन इस प्रकार है।[1]

दोनों रागों की समानताएं (मारू विहाग व कल्याण की समानताएं)

(1) दोनों रागों की उत्पत्ति कल्याण थाट से मानी गई है।

(2) दोनों रागों का गायन समय एक ही है। अर्थात् रात्रि का प्रथम प्रहर है।

(3) दोनों रागों में मध्यम स्वर तीव्र प्रयोग किया जाता है।

(4) दोनों रागों का अवरोह लगभग समान है।

दोनों रागों में असमानताएं (मारू बिहाग व कल्याण की असमानताएं)

(1) मारू बिहाग की जाति औड़व-सम्पूर्ण है जबकि कल्याण राग की जाति सम्पूर्ण सम्पूर्ण है।

(2) मारू बिहाग के आरोह में रिषभ व धैवत वर्जित है जबकि कल्याण राग के आरोह में कोई स्वर वर्जित नहीं है अर्थात् आरोह सम्पूर्ण है।

(3) मारू बिहाग में दोनों मध्यमों का प्रयोग किया जाता है जबकि कल्याण राग में केवल तीव्र मध्यम का ही प्रयोग किया जाता है।

---

1 राग मारू बिहाग व कल्याण के तुलना अध्ययन में निम्नलिखित पुस्तकों का अध्ययन किया गया है।

(1) पं० गणेश प्रसाद शर्मा कृत राम प्रवीण', go 55,56

(2) डा० पादवेन्दर शर्मा कृत, 'संगीत दोष', पृ० 110

(3) प्रो० हरिशचन्द्र श्रीवास्तव फूल, 'राग परिचय' भाग धार, पृ० 28, 29

(4) मारू बिहाग की शुरूआत षड़ज से कि जाती है जबकि कल्याण राग की शुरूआत निषाद स्वर से की जाती है।

(5) प, म प, नि^ध ध प, म^प प, म ग^र, सा, रे, नि सा म म^प ग, म^प ग, रे सा इस प्रकार मारू बिहाग का स्वरूप है तथा कल्याण का स्वरूप इस प्रकार है ऩि रे ग रे, प रे, ग रे ऩि ध़ सा।

6.7 राग धनाश्री व भीमपलासी का तुलनात्मक अध्ययन

राग धनाश्री का प्रचलन आधुनिक समय में कम हो गया है। इस राग में भीमपलासी राग की छाया सबसे अधिक पड़ती है। इसलिए भीमपलासी को धनाश्री राग का समप्राकृतिक राग कहा जाता है। इन दोनों रागों का तुलनात्मक अध्ययन इस प्रकार है।[1]

धनाश्री व भीमपलासी राग की समान्ताएं

(1) दोनों रागों की उत्पति काफी थाट से मानी गई है।

(2) दोनों रागों की जाति औड़व सम्पूर्ण है।

(3) दोनों रागों के आरोह में रिषभ व धैवत स्वर वर्जित किये जाते है।

(4) दोनों रागों में गंधार व निषाद स्वर कोमल प्रयोग होते है।

(5) दोनों रागों का गायन समय एक ही है। अर्थात् दोनों राग दिन के तीसरे प्रहर में गाए-बजाए जाते है।

(6) दोनों ही रागों का विस्तार समान रूप से तीनों सप्तकों में किया जाता है।

---

1 धनाश्री य भीमपलासी राम के तुलनात्मक अध्ययन में निम्नलिखित पुस्तकों का अध्ययन किया गया है।

(1) पं० रामकृष्ण व्यास कृत 'राग प्रवीण' भाग-दो, पृ० 71

(2) पं० नारायण लक्ष्मण गुणे कृत, 'संगीत प्रवीण दर्शिका', भाग-तीन, पृ0 64 65

(3) प्रो०] हरिश्चन्द्र श्रीवास्तव फूल, 'मधुर स्वर लिपि संग्रह, भाग एक, पृ० 54

धनाश्री व भीमपलासी राग की असमान्ताएं

(1) धनाश्री राग का वादी स्वर पंचम है तथा भीमपलासी राग का वादी स्वर मध्यम है।

(2) धनाश्री राग में सबसे महत्वपूर्ण स्वर प है तथा यह न्यास का स्वर भी है। जबकि भीमपलासी राग में मध्यम स्वर महत्वपूर्ण तथा न्यास का स्वर है।

(3) धनाश्री राग में 'प ग' की स्वर संगति महत्वपूर्ण तथा अधिक ली जाती है। तथा भीमपलासी राग में यह स्वर संगति धनाश्री से कम ली जाती है।

(4) धनाश्री का विस्तार इस प्रकार किया जाता है- "<u>नि</u> सा <u>ग</u> म प प[नि] <u>ग</u>[प] रे[म] सा, <u>नि</u> सा <u>ग</u> म, सा <u>ग</u> म प तथा भीमपलासी राग में स्वर विस्तार इस प्रकार किया जाता है। '<u>नि</u> सा म म प, <u>ग</u> म, <u>ग</u> रे सा।"

6.8 राग मलुहा केदार व जलधर केदार का तुलनात्मक अध्ययन

मलुहा केदार केदार अंग का ही राग है। इसमें कई रागों की छाया आती है जैसे कामोद, केदार, श्यामक ल्याण इत्यादि, परन्तु केदार अंग का ही एक राग जलधर केदार इस राग के काफी नजदीक है तथा इस राग का सम्प्राकृतिक राग भी है। इन दोनों रागों का तुलनात्मक अध्ययन इस प्रकार है।[1]

---

1 केदार व जलधर केदार के तुलनात्मक अध्ययन में निम्नलिखित पुस्तकों का अध्ययन किया गया है।

(1) पं० रामकृष्ण व्यास कृत 'रागप्रवीण' भाग दो, पृ० 142

(2) प० नारायण लक्ष्मण गुणे कृत 'संगीत प्रवीण दर्शिका भाग-तीन, पृ० 15

(3) श्रीवास्तव कृत 'राग परिचय' भाग-चार, पृ० 160, 161

दोनों रागों की समान्ताए (मलुहा व जलधर केदार की समान्ताए)

(1) दोनों रागों में कुछ स्वर समूहों का समान प्रयोग होता है। उदाहरणतय प सां, ध प म, सा म इत्यादि।

(2) दोनो रागों का गायन समय रात्रि है।

(3) दोनों रागों में पंचम व षड्ज स्वर पर न्यास किया जाता है।

(4) दोनों रागों की प्रकृति गम्भीर है।

(5) दोनों रागों में मध्यम का विशेष महत्व है।

(6) दोनों रागों के आरोह में पांच-पांच स्वरों का प्रयोग होता है।

(7) दोनों राग केदार राग के प्रकारों के अन्तर्गत आते है।

(8) दोनों रागों की उत्पति विलावल थाट से मानी गई है।

दोनों रागों में असमान्ताएं (मलुहा व जलधर केदार की असमानताएं)

(1) मलुहा केदार, कामोद अंग में गाया जाता है। जलधर केदार मल्हार अंग में गाया जाता है।

(2) मलुहा केदार का वादी षड़ज तथा संवादी मध्यम है। जलधर का वादी मध्यम तथा संवादी षड़ज है।

(3) मलुहा केदार के आरोह में रिषभ वर्जित है तथा जलधर केदार के आरोह में रिषभ दुर्बल है।

(4) मलुहा केदार की जाति औड़व सम्पूर्ण है। जबकि जलधर केदार की जाति औड़व-औड़व है।

(5) मलुहा केदार में, केदार और कामोद का मिश्रण है और जलधर केदार में मल्हार और केदार का मिश्रण है।

(6) मलुहा केदार में कोमल निषाद का अल्प प्रयोग किया जाता है। जलधर केदार में कोमल निषाद का प्रयोग नहीं किया जाता।

(7) मलुहा केदार का स्वर विस्तार मंद तथा मध्य सप्तक में होता है। जलधर केदार का स्वर विस्तार मंद्र, मध्य और तार तीनों सप्तकों में होता है।

6.9 राग देवगंधार व जोनपुरी का तुलनात्मक अध्ययन

राग देव गंधार में कई रागों की छाया दिखाई देती है। परन्तु देव गंधार के सबसे निकट का राग है जौनपुरी। इसलिए जौन पुरी देव गंधार राग का समप्राकृतिक राग माना जाता है। इन दोनों रागों का तुलनात्मक अध्ययन इस प्रकार है।[1]

देवगंधार राग व जौनपुरी राग की समान्ताएं

(1) दोनों रागों की उत्पत्ति आसावरी थाट से मानी गई है।

(2) देवगंधार राग के आरोह में रिषभ व धैवत स्वर वर्जित किये जाते है। तथा जौनपुरी राग के आरोह में केवल गन्धार स्वर ही वर्जित किया जाता है।

(3) देवगंधार राग का गायन समय प्रातः काल का है। जबकि जौनपुरी राम का गायन समय दिन का दूसरा प्रहर है।

(4) देवगंधार राग का स्वर विस्तार इस प्रकार किया जाता है। म प, प, <u>ध</u> प, सां, <u>नि</u> सा, <u>नि</u> <u>नि</u> सां, रें सां, <u>नि</u> <u>ध</u>, प, ध प, <u>ग</u> म प, रे सा तथा जौनपुरी स्वर विस्तार इस प्रकार किया जाता है। म प <u>नि</u> <u>ध</u> प <u>ध</u> म प <u>ग</u>, रे म प

---

1 देवगान्धार व जौनपुरी के तुलनात्मक अध्ययन में निम्नलिखित पुस्तकों का अध्ययन किया गया है।

(1) पं० नारायण लक्ष्मण गणे कृत 'संगीत प्रवीण दर्शिका' भाग-तीन, पृ०91

(2) पं० जगदीश नारायण पाठक कुल, 'राग दर्पण' भाग-तीन, पृ० 70

(3) पं० रामकृष्ण व्यास कृत 'राग प्रवीण' भाग-दो, पृ० 177

देवगंधार राग व जौनपुरी राग की असमान्ताएं

(1) देवगंधार राग की जाति औड़व सम्पूर्ण है। जबकि जौनपुरी राग की षाड़व सम्पूर्ण मानी गई है।

(2) देवगंधार राग के आरोह में रिषभ व धैवत स्वर वर्जित किए जाते हैं। तथा जौनपुरी राग के आरोह में केवल गंधार स्वर ही वर्जित किया जाता है।

(3) देवगंधार राग का गायन समय प्रातः काल का है। जबकी जौनपुरी राग का गायन समय दिन का दूसरा प्रहर है।

देवगंधार राग का स्वर विस्तार इस प्रकार किया जाता है । म प, प, ध प, सां, नि सा, नि नि सां, रें सां, नि ध, प, ध प, ग म प, रे सा तथा जौनपुरी का स्वर विस्तार इस प्रकार किया जाता है- म प नि ध प ध म प ग, रे म प।

6.10 राग हंसकिंकणी व प्रदीपकी का तुलनात्मक अध्ययन

हंसकिंकणी राग में कई रागों की छाया आती है। जैसे धनाश्री, धानी, भीमपलासी इत्यादि परन्तु इस राग के सबसे नज़दीकी प्रदीपकी राग आता है। इसलिए प्रदीपकी राग हँस कंकणी का समप्राकृतिक राग माना जाता है। इन दोनों रागों का तुलनात्मक अध्ययन इस प्रकार है।[1]

हंसकिंकणी राग व प्रदीपकी राग की समान्ताएं

(1) दोनों ही राग काफी थाट से उत्पन्न माने गए हैं।

(2) दोनों ही रागों की जाति औड़व सम्पूर्ण मानी जाती है।

(3) दोनों ही राग में समान स्वर अर्थात् दोनों गंधार व दोनों निषाद प्रयोग होते है। तथा बाकि सभी स्वर शुद्ध प्रयोग होते है।

---

1 हंसकिंकणी व प्रदीप राग के तुलनात्मक अध्ययन में निम्नलिखित पुस्तकों का अध्ययन किया गया है।

(1) पं० रामकृष्ण व्यास कृत 'राग प्रवीण' भाग-दो, पृ० 71, 72, 103

(2) पं० नारायण लक्ष्मण गुणे कृत, 'संगीत प्रवीण दर्शिका' भाग-तीन, पृ0 79, 74

(4) दोनों ही रागों के आरोह में रिषभ व धैवत स्वर वर्जित होते है। तथा अवरोह दोनों ही रागों का सम्पूर्ण है।

(5) दोनों रागों का संवादी स्वर एक ही है अर्थात् षड़ज है।

(6) दोनों रागों की शुरूआत निषाद (कोमल) स्वर से की जाती है।

(7) दोनों रागों का समय एक ही है अर्थात् दिन के तीसरे प्रहर में गाये बजाये जाते है।

(8) दोनों रागों के आरोह में शुद्ध गंधार का प्रयोग होता है।

हंसकिंकणी राग व प्रदीपकी राग में असमान्ताएं

(1) हंस ककणी राग का वादी स्वर पंचम तथा प्रदीपकी राग का वादी स्वर मध्यम स्वर है।

(2) हंस कंकणी राग में पंचम बहुत महत्वपूर्ण स्वर है तथा पंचम पे न्यास किया जाता है तथा प्रदीपकी राग में मध्यम स्वर महत्वपूर्ण है तथा मध्यम पर न्यास किया जाता है।

(3) हंस कंकणी राग में शुद्ध रिषभ तथा धैवत प्रयोग होते है। प्रदीपकी राग में रिषभ व धैवत शुद्ध से कुछ नीचा लगता है।

(4) हंस कंकणी राग में प ग की स्वर संगती प्रदीपकी राग की अपेक्षा अधिक महत्वपूर्ण है।

(5) हंस कंकणी का राग स्वरूप इस प्रकार है। नि सा ग म प, ग रे सा, नि सा ग s इत्यादि तथा प्रदीपकी राग का स्वरूप इस प्रकार है। नि सा ग म प, ग म, नि ध प, म प, म ग म, ग रे सा।

6.11 राग जैतश्री व श्री का तुलनात्मक अध्ययन

जैतश्री राग में राग 'जैत' व 'श्री' का बड़ा सुन्दर समन्वय है। इस राग में इन दो रागों की छाया आती है। यही इसके समप्राकृतिक राग है। इनका तुलनात्मक अध्ययन इस प्रकार है।[1]

राग 'श्री' तथा 'जैतश्री" में समान्ताएं

(1) दोनों रागों की उत्पत्ति पूर्वी थाट से मानी गई है।

(2) दोनों रागों में रिषभ, धैवत स्वर कोमल तथा मध्यम तीव्र प्रयोग होते है।

(3) दोनों रागों की जाति औड़व सम्पूर्ण मानी गई है।

(4) दोनों रागों को सांय सन्धि प्रकाश राग माना जाता है। दोनों रागों का गायन समय साय काल है।

राग 'श्री' व 'जैतश्री' राग में असमानताएं

(1) राग जैतश्री का वादी स्वर गन्धार माना जाता है जबकि 'श्री' राग का वादी स्वर रिषभ माना जाता है।

(2) राग जैतश्री का संवादी स्वर निषाद माना जाता है जबकि राग 'श्री' का संवादी स्वर पंचम माना जाता है।

(3) राग 'जैतश्री' के आरोह में रिषभ व धैवत स्वर वर्जित किए जाते है तथा 'श्री' राग में गन्धार व धैवत स्वर आरोह में वर्जित किये जाते है।

---

1 राग जैतश्री तथा 'श्री' राम के तुलनात्मक अध्ययन में निम्नलिखित पुस्तकों का अध्ययन किया गया है।

(1) पं० गणेश प्रसार शर्मा कृत 'राग प्रवीण पृ० 206

(2) पं० जगदीश नारायण पाठक कृत, 'रागदपणे' भाग-तीन, पृ० 70

(3) पं० नारायण लक्ष्मण गुणे फूल, 'संगीत प्रवीण दर्शिका' भाग-तीन, पृ० 40

(4) राग 'जैतश्री' में गन्धार व पंचम स्वर पर न्यास किया जाता है तथा 'श्री' राग में कोमल रिषभ तथा पंचम पर न्यास किया जाता है।

(5) राग 'श्री' का स्वर विस्तार इस प्रकार किया जाता है- "सा रे रे सा, प म ग रे, ग रे रे सा तथा राग 'जैतश्री' का स्वर विस्तार इस प्रकार किया जाता है-सा, नि सा ग, म ग म, ग, प ग रे सा। राग 'जैतश्री' के पूर्वांग में 'जैत' राग का मिश्रण है जिसे इस स्वर संगती में दर्शाया जा सकता है। जैसे ग प, प ग रे सा।'

6.12 राग भीम व भीमपलासी का तुलनात्मक अध्ययन

राग भीम के स्वरूप को लेकर विद्वानों में मतभेद है। राग भीम में कई रागों की छाया आती है परन्तु यह राग भीमपलासी के नज़दीक है। भीमपलासी राग को भीम राग का समप्राकृतिक राग माना जाता है। इन दोनों रागों का तुलनात्मक अध्ययन इस प्रकार है।[1]

राग भीम व भीमपलासी

(1) दोनों रागों की उत्पति काफी थाट से मानी गई है।

(2) दोनों रागों की जाति औड़व सम्पूर्ण मानी गई है।

(3) दोनों रागों के आरोह में रिषभ व धैवत स्वर वर्जित किये जाते है।

(4) दोनों रागों का अवरोह सम्पूर्ण है अर्थात् दोनों रागों के अवरोह में सातों स्वर प्रयोग होते है।

(5) दोनों रागों का गायन समय एक ही है अर्थात् दोनों राग दिन के तीसरे प्रहर में गाय जाते है।

---

1 भीम व भीमपलासी राम के तुलनात्मक अध्ययन में निम्नलिखित पुस्तकों का अध्ययन किया गया है।

(1) पं० रामकृष्ण व्यास कृत 'राग प्रवीण' भाग-दो, पृ० 90

(2) पं० रामाश्रय झा वृत, 'संगीत गीताजली' भाग-दो, पृ० 141

(6) दोनों रागों में गन्धार व निषाद स्वर कोमल प्रयोग होते है।

राग भीम व भीमपलासी राग की असमानताएं

(1) राग भीम का वादी स्वर षड़ज है जबकि भीमपलासी का वादी स्वर मध्यम है।

(2) राग भीम का संवादी स्वर पंचम है तथा भीमपलासी राग में संवादी स्वर षड़ज है।

(3) राग भीम में दोनों गन्धारों का प्रयोग होता है तथा भीमपलासी राग में केवल कोमल गंधार का प्रयोग किया जाता है।

(4) राग भीम में अधिकतर शुद्ध गन्धार का प्रयोग किया जाता है कोमल गन्धार का प्रयोग केवल तार सप्तक में इस प्रकार किया जाता है जैसे गं रें सां नि ध प तथा भीमपलासी राग में केवल कोमल गन्धार का ही प्रयोग किया जाता है।

(5) राग भीम का स्वर विस्तार इस प्रकार किया जाता है जैसे नि सा ग, म प नि, प नि, सां ऩि ध, प, ध म, प ग रे सा तथा भीमपलासी राग का स्वर विस्तार इस प्रकार किया जाता है जैसे- नि सा म, म, ग ग, प म, प ग, म ग रे सा।

उपसंहार

भारतीय संगीत परम्परा अति प्राचीन है। संगीत की उत्पत्ति को लेकर सभी विद्वानों के अपने-अपने मत रहे हैं। कुछ विद्वानों ने वेदों से संगीत की उत्पत्ति मानी है तथा कुछ ने ब्रह्म तथा कुछ विद्वानों ने 'ओम' शब्द से संगीत की उत्पत्ति मानी है। प्रारम्भ से ही संगीत मानव तथा सामाज से जुड़ा रहा है जैसे-जैसे मानव व समाज का विकास हुआ है उसी तरह संगीत का विकास भी हुआ है।

प्रारम्भ में साम गान प्रचार में आया जिसका मुख्य उद्देश्य मोक्ष की प्राप्ति करना था तथा फिर साम गान से जाति गान प्रचार में आया जातियों के दस लक्षण थे। फिर जाति गान से रागों का उदगम अर्थात् राग की उत्पत्ति हुई। राग हिन्दुस्तानी शास्त्रीय संगीत की आधार शीला मानी जाती है। राग के बिना शास्त्रीय संगीत की कल्पना नहीं की जा सकती। आज हम शास्त्रीय संगीत के नाम पर जो कुछ भी गाते बजाते है वह किसी न किसी राग पर आधारित होता है अर्थात् व राग के ही अन्तर्गत होता है। राग के दस लक्षण होते है तथा नौ विभिन्न जातिया मानी गई है। इन्हीं जातियों के आधार पर नये-नये रागों का निर्माण हुआ है। प्रायः कुछ रागों में आरोह में स्वर वर्जित होते है और कुछ रागो में अवरोह में स्वर वर्जित होते है तथा कुछ रागों में आरोह-अवरोह दोनों में स्वर वर्जित होते है ये स्वर विभिन्न-भिन्न हो सकते है जैसे कई रागों में एक ही स्वर वर्जित होता है तथा कई रागों में दो स्वर वर्जित होते है जैसे रे प वर्जित राग मालकोन्स इत्यादि षड़ज को छोड़कर राग में कोई भी स्वर वर्जित हो सकते है। एक राग में अधिक से अधिक दो स्वर वर्जित हो सकते है।

आधुनिक समय में राग (ख़याल) पद्धति का प्रचलन है। इस बात को ध्यान में रखते हुए लेखक ने "हिन्दुस्तानी शास्त्रीय संगीत में आरोहात्मक रे म स्वर वर्जित रागों का विवेचन" विषय का चुनाव किया। शोध प्रक्रिया के

अध्ययन से जो राग सामने आये जिनके आरोह में रे घ स्वर वर्जित हो व अवरोह सम्पूर्ण हो यो इस प्रकार है। मुलतानी, भीमपलासी, पटदीप, मधुवन्ती बिहाग, धनाश्री, मारुबिहाग, जैतश्री, हंसककणी, प्रदीपकी, भीम, मलुहा केदार तथा देव गन्धार । प्रत्येक राग का अपना स्वरूप व स्वभाव है तथा चलन भिन्न-भिन्न व पृथक है। प्रत्येक राग का अपना स्वतन्त्र अस्तित्व अर्थात् स्वरूप है। इन रोगों की उत्पत्ति, विकास कब हुआ तथा इन रागों का उल्लेख प्राचीन ग्रन्थों में है या नहीं है। इन सबकी जानकारी विस्तार पूर्वक प्राप्त करने का प्रयास इस शोध प्रबन्ध में किया गया । इन रागों में से कुछ राग ऐसे भी है जिनका प्रचार आधुनिक समय में कम हो गया है तथा कुछ राग ऐसे भी है जिनका स्वरूप बदल गया है। राग जैतश्री, धनाश्री इत्यादि रागों का प्रचलन आधुनिक समय में कम हो गया है अर्थात् इनका उल्लेख आधुनिक समय में कम ही मिलता है। कुछ राग जैसे देवगन्धार तथा भीम इस तरह के राग है जिनके आधुनिक समय में दूसरे प्रकार भी मिलते हैं राग हँसककणी प्रदीपकी, मलुहाकेदार राग अप्रचलित राग माने जाते है तथा इनका प्रचार आधुनिक समय में कम हो गया है।

आरोहात्मक रे ध स्वर वर्जित रागों में से अधिकतर रागों की उत्पत्ति काफी थाट से मानी गई है अर्थात् अधिकतर रागों का थाट काफी है। जैसे भीमपलासी, पटदीप, धनाश्री, हँसकिकणी तथा प्रदीपकी ये सभी राग काफी थाट से उत्पन्न माने गये हैं। इन सभी रागों के बारे में सम्पूर्ण जानकारी एकत्रित करने की कोशिश की गई है। इन सभी रागों में सिर्फ दोही समान्ताएं है। एक तो सभी रागों की जाति औड़व सम्पूर्ण है दूसरे सभी रागों के आरोह में रिषभ व धैवत स्वर वर्जित होते है।

इन सभी रागों का अध्ययन करते समय केवल उनका ऐतिहासिक विवेचन ही नहीं अपितु हर राग की बंदिशे अलग-अलग विधाओं में स्वरलिपि सहित दी गई है जैसे बड़ा ख्याल, छोटा ख्याल, सराना घ्रुपत, धमार इत्यादि स्वरलिपि सहित दी गई है।

इन सभी रोगों का इनके समप्राकृतिक रागों से तुलनात्मक अध्ययन करने का प्रयास किया गया है। सम्पूर्ण शोध में आरोहात्मक रे ध वर्जित रागों के बारे में विस्तृत जानकारी एकत्रित करने का प्रयास किया गया है।

प्रस्तुत पुस्तक का उद्देश्य हिन्दुस्तानी शास्त्रीय संगीत में आरोहात्मक रे,ध वर्जित रागों के बारे में अधिक से अधिक तथा शुक्षम जानकारी प्राप्त करना रहा है जो की शोध करता के लिए भी एक नवीन उपलब्धि है।

संदर्भ ग्रंथ-सूची

लेखक का नाम	पुस्तक का नाम	प्रकाशन
गर्ग, लक्ष्मी नारायण	क्रमिक पुस्तक मालिका व राग विशारद, भाग-ए	संगीत कार्यालय, हाथरस इलाहाबाद, उ०प्र०
गर्ग, डॉ० उमा	राग विश्लेषण सयुक्त भाग-एक,दो	संजय प्रकाशन, गली मुरारी लाल, अँसारी रोड, दरियागंज, नई दिल्ली-110002
गुणे, पं० नारायण लक्ष्मण	संगीत प्रवीण दर्शिका भाग-1,2,3	58 पूरा डाकू, कीटगंज इलाहाबाद- 3, उ०प्र०
चौधरी, विमलाकान्त राय	राग व्याकरण	वाणी प्रकाशन, 21-A दरियागंज, नई दिल्ली
जोशी, उमेश	भारतीय संगीत का इतिहास	मानसरोवर प्रकाशन प्रतिष्ठान, फिरोजाबाद, आगरा, उ०प्र०
ठाकुर, पं० ओमकार नाथ	संगीतांजली, भाग-पाँच	संगीत कार्यालय, हाथरस इलाहाबाद, उ०प्र०
ठाकुरदास पं० माणिक वुआ	रागदर्शन, भाग-एक,दो	कृष्णा ब्रदर्स, महात्मा गाँधी मार्ग, अजमेर-305001, राजस्थान

पत्की, जे०डे०	अप्रकाशित राग भाग-एक,दो,तीन,चार	संगीत कार्यालय, हाथरस इलाहाबाद, उ०प्र०
पाठक पं० जगदीश नारायण	संगीत शास्त्र प्रवीण भाग-एक,दो	श्री रत्नाकर पाठक, 27 महाजनी टोला, इलाहाबाद उ०प्र०
पटवर्धन पं० विनायक नारायण	राग विज्ञान भाग-एक, दो,तीन,चार,पांच,छः,सात	पटवर्धन प्रकाशन, तिमालेपर ब्लांक नं० -11A,पूणे-2, महाराष्ट्र
ब्यास पं० रामकृष्ण	राग प्रवीण, भाग-एक,दो	सरला प्रकाशन, 916 कल्याणी देवी, साउथ ब्लाक,इलाहाबाद, उ०प्र०
बसन्त	रागकोष	संगीत कार्यालय हाथरस इलाहाबाद, उ०प्र०
भातखण्डे पं० विष्णु नारायण	क्रमिक पुस्तक मालिका, 4,6	संगीत कार्यालय हाथरस, इलाहाबाद, उ०प्र०
भातखण्डे पं० विष्णु	भातखण्डे संगीत शास्त्र भाग- दो, चार	संगीत कार्यालय हाथरस, इलाहाबाद, उ०प्र०
मिश्र शंकर लाल (शभारंग)	नवीन ख्याल रचनावली	अभिशेक पब्लिकेशन्स एस०सी०ओ० 57,59 सेक्टर 17 C चण्डीगढ़
मिश्रा शारदा	स्वरांजैली	पँचशील प्रकाशन फिल्म कलोनी जयपुर,राजस्थान

मिश्र, डॉ० लालमणि	तन्त्रीनाद, भाग-एक	साहित्य रत्नालय गिलिश बाजार कानपुर-208000 उ०प्र०
वर्मा, डॉ० चमन लाल	संगीत कलश	निर्मल पब्लिकेशन्स ए० 139 गली नं० 3 कबीर नगर, शाहदरा दिल्ली
शर्मा पं० गणेश प्रसाद	राग प्रवीण	कनिष्क पब्लिकेशन्स डिस्ट्रीब्यूटर्स, नई दिल्ली-120002
श्रीवास्तव प्रो० हरिश्चन्द्र	मधुर स्वरलिपि संग्रह	संगीत सदन प्रकाशन 88 साउथ मलाका इलाहाबाद उ०प्र०
श्रीवास्तव प्रो० हरिश्चन्द्र	राग परिचय, भाग-एक	संगीत सदन प्रकाशन 88 साउथ मलाका इलाहावाद उ०प्र०

इसके साथ ही कई शोध प्रबन्धों से भी इस शोध प्रबन्ध को पुरा करने के लिए जानकारी ली गई है जैसे-

(1) 'भारतीय शास्त्रीय संगीत में वादी-संवादी स्वरों का महत्व'

(2) 'भक्ति संगीत और गेय पदों का अन्तर-सम्बंध'

(3) 'समप्राकृतिक रागों का तुलनात्मक अध्ययन'

Connect with Author

Instagram: @dromkaul
Facebook: @ Dr-Om Prakash Kaul

Email: opkaulsml@gmail.com
Website: www.wkrishind.in

Connect with Publisher

Instagram: @wkrishind
Twitter: @wkrishind
Facebook: @wkrishind
Tumblr: @wkrishind
Telegram: @wkrishind

Whatsapp or Call: 09999568276
Email: contact@wkrishind.in
Website: www.wkrishind.in

www.ingramcontent.com/pod-product-compliance
Lightning Source LLC
LaVergne TN
LVHW102105041026
849558LV00002B/62
9789394967380